용병들의 대지
Road of
Mercenaries

용병들의 대지 2

이모탈 퓨전 판타지 소설

초판 1쇄 찍은 날 § 2016년 7월 25일
초판 1쇄 펴낸 날 § 2016년 7월 29일

지은이 § 이모탈
펴낸이 § 서경석

편집책임 § 김현미

펴낸곳 § 도서출판 청어람
등록번호 § 제387-1999-000006호
등록일자 § 1999. 5. 31
어람번호 § 제1-2492호

주소 § 경기도 부천시 원미구 부일로 483번길 40 서경B/D 3F (우) 14640
전화 § 032-656-4452 팩스 § 032-656-4453
http://www.chungeoram.com
E-mail § chungeorambook@daum.net

ISBN 979-11-04-90907-8 04810
ISBN 979-11-04-90905-4 (세트)

이모탈 퓨전 판타지 소설
FUSION FANTASTIC STORY

용병들의 대지

Road of Mercenaries

2

도서출판
청어람

용병들의 대지
Road of
Mercenaries

C O N T E N T S

CHAPTER 1

내분

일단은 쉬어야 했다. 쉬지 않고 단숨에 몇 킬로미터를 주파했으니 당연했다.

아무리 지금 여기 있는 이들이 마나를 사용할 수 있고, 고련에 의해 단련된 이들이라고 하지만 인간인 이상 휴식을 취하지 않을 수 없었다.

기사들은 빠르게 죽은 자들을 모으고 있었다. 이글레시아스 마법 조장은 침통한 표정으로 마법을 펼쳐 깊은 구덩이를 만들고 40여 구의 시체를 구덩이 속에 묻었다. 아론은 바닥에 앉아 그 모습을 바라보고 있었다.

그러다 문득 손을 펼쳐보았다.

"뭐유?"

"죽은 병사들 틈에서 발견된 물건."

"그런데……."

제라르가 아론이 들고 있는 물건을 바라보며 말을 흐렸다.

"이상하지?"

"그러게 말이유. 이건……."

"마치 인간의 솜씨 같은 느낌이 들지?"

"거참, 무슨 말을 못하게 하네. 어쨌든 이상하긴 하우. 회색 오크들이 아무리 각성했다고 하더라도 이런 것은 그놈들이 가지고 있을 물건이 아닌 것 같수."

그러면서 아론을 바라봤다. 무언가 답을 구하는 그의 모습.

"일단 두고 봐야겠지."

"알리지 않을 작정이유?"

"알리면?"

"예? 그야 물론……."

무언가 말을 하려던 제라르가 말을 흐렸다. 말을 해도 믿지 않을 것이다.

형님과 자신을 바라보는 눈빛이 많이 달라지기는 했지만 여전히 거리를 두고 있는 것은 사실이다. 그리고 그들이 현재 아론이 들고 있는 물건을 그저 병사들이나 기사들이 가지고 있던 물건이라고 무시해 버리면 끝나는 일이다.

제라르는 다시 아론의 손을 바라봤다.

아론의 손에 들려 있는 것은 단지 하나의 잘려진 양피지였다. 제라르는 지금까지 오크들이 양피지를 사용한다는 것은 들어본 적이 없었다. 그리고 그 양피지 조각에는 선명하게 인간들이 사용하는 글이 적혀 있었다.

"아직 확실한 것은 아니니……."

"그렇기는 하지만 말이유."

"일단은 쉬어둬."

그러면서 무언가를 건네는 아론과 그것을 말없이 받아 든 제라르였다. 아론이 그에게 건네준 것은 다름 아닌 최상급 포션이었다.

"조심하라는 거유?"

"그래."

그러면서 슬쩍 그를 바라보자 그가 작게 고개를 끄덕였다.

"노력하는군."

처음엔 아론이 무슨 말을 하는지 몰랐지만 이내 입꼬리를 씰룩거리면서 기뻐하는 표정이다. 아론이 말하는 의미를 알아들었기 때문이다. 아론이 자신에게 전수해 준 마나 호흡법 때문이다.

"고맙수."

"됐다."

이내 자리를 털고 일어선 아론이 향한 곳은 프라우디르 백인대장이 있는 곳이었다. 그때를 같이하여 프라우디르 백인대장 역시 일어섰다. 그 역시 아론에게 무언가 물어보고 싶은 내용이 있는 듯싶었다.

"어떻게 생각하나?"

"무엇을?"

"살아 나갈 수 있나?"

"살아 나가야지."

담담하게 말을 받는 아론을 말없이 바라보던 프라우디르 백인대장은 시선을 다른 곳으로 두며 입을 열었다.

"이렇게 될 줄은 몰랐군."

"……."

대답을 하지 않는 아론.

"이걸… 알고 있었나?"

"아니."

간단하게 답하는 아론에 프라우디르 백인대장은 눈살을 찌푸렸다. 그러다 나직하게 한숨을 내쉬더니 입을 열었다.

"그렇다면 이곳으로 다시 오기 전까지의 몇 개월 사이에 일어났다는 말이로군."

"그런 셈이 되겠지."

"도대체 무슨 일이 일어났던 것일까?"

"모르지."

둘은 마치 친구처럼 대화하고 있었다.

"만약에 말이야."

프라우디르 백인대장은 무언가 말하려 했다. 하나 이내 입을 닫았다.

"언제 출발할 건가?"

"지금."

"그렇군."

아론의 말에 프라우디르 백인대장이 고개를 끄덕였고, 편하게 휴식을 취하고 있던 기사들과 마법사들이 다시 플레이트 메일을 착용하기 시작했다.

"플레이트 메일은 벗는 것이 좋겠군."

"그것은……."

"이곳은 숲이야. 또한 회색 오크만을 상대하는 것이 아닌 이 숲 전체를 상대해야 할지도 몰라."

"설마……."

"아직 인정하지 않는 것인가?"

"끄응."

아론의 말에 안색을 굳히며 앓는 소리를 내는 프라우디르 백인대장이었다. 말이야 바른 말이지, 아주 절실하게 인정하고 있었다. 절대 자신이 알고 있던 몬스터들이 아님을 말이다.

그런 프라우디르 백인대장의 행동을 보며 눈살을 찌푸리는 자가 있었으니 다름 아닌 픽스틴 부관이었다.

쩌엉!

그는 무언가가 자신의 머리를 관통하는 것 같은 느낌이 들었다.

순간적으로 식은땀이 전신을 감싸고 다리에 힘이 빠지며 후들거렸다. 그리고 정신이 아득해지며 무언가가 자신에게 속삭였다. 그 속삭임이 픽스틴 부관의 머리를 스치고 지나가는 그 순간, 그의 눈동자가 반짝 빛났다.

"괜찮으십니까?"

휘청거리는 픽스틴 부관을 곁에 있던 기사가 부축하며 물었다.

"괜찮아."

금세 원래의 상태로 돌아오는 픽스틴 부관. 그에 기사 역시 별로 신경 쓰지 않는 표정이다.

하지만 픽스틴 부관의 얼굴은 결코 편안하지 않았다.

'나약해. 어찌 백인대장이 용병에게 고개를 숙인단 말인가?'

그러면서 아론을 흘깃 바라보는 픽스틴 부관의 이마에 마음에 들지 않는 듯 깊은 골이 파였다. 실력은 인정할 만했다. 어쩌면 이 중 가장 강할지도 몰랐다.

하지만.

'건방져.'

기사와 용병의 신분은 하늘과 땅 차이이다. 그런데 그 신분의 차이를 무너뜨리고 있고, 심지어 가장 분노해야 할 프라우디르 백인대장조차도 그런 그의 행동에 대해 아무 말도 하지 않았다.

마치 그는 강자이니 인정해 줘야 한다는 듯이 말이다. 그래서 더 마음이 안 좋았다.

'내가 알기로 그의 본명은 길버트 플람베르. 불의 가문 직계 중 한 명이라고 알고 있다. 하지만 그는 버려졌지. 후계 싸움에 밀려서. 멍청한 놈. 혈연이 무에 그리 중요하다고. 이기고 나면 모든 것이 돌아오는 것을.'

픽스틴 부관은 프라우디르 백인대장의 과거를 알고 있었다. 그래서 그를 비웃을 수 있었다. 저런 개도 안 물어갈 기사도 때문에 결국 상급의 실력자임에도 불구하고 백인대장이나 하고 있으니 말이다.

그리고 결정적으로 그를 경원시하게 된 이유는 그가 아론이라는 용병을 인정하고 있다는 것이다. 그의 실력은 인정한다. 이전까지는 자신보다 윗줄에 있는 자라고 분명하게 인식했다. 하지만 지금은 아니었다.

충분히 자신이 넘볼 수 있을 것 같았다. 분명히 자신이 넘볼 수 없는 실력이라는 것을 인정하고 있음에도 불구하고 왠지 자신감이 생겼다. 왜 그런지는 알 수 없었다. 그런 생각에 잠길수록 그의 눈엔 누구도 눈치챌 수 없을 정도의 붉은빛이 감돌았다.

'일단은 그를 이용한다.'

사실 그랬다. 이만큼도 살아남을 수 있던 것은 오로지 용병의 덕이었다. 슬쩍 살아남은 기사들을 바라봤다. 지친 표정이 역력했다.

'그래서 임무를 완수한 뒤 그 오만하고 건방진 태도를 박살 내주마.'

그가 결정을 내렸을 때 아론이 가장 앞에 섰다. 그의 좌우로 얀센과 제라르가 섰다. 어느새 겨우 그들은 한 무리로 인정받고 있었다.

픽스틴 부관은 그런 그들을 바라보다 자신의 뒤를 따르는 기사들을 바라봤다. 자신과는 다르게 기사들은 그들을 완전히 인정하고 있는 모양새였다.

'흥! 배알도 없는 놈들 같으니.'

그에 픽스틴 부관은 코웃음 쳤다. 기사는 고귀하다. 특히나 자신이 속한 엘리오스 가문은 더욱 그러했다. 비록 자신은 직계가 아닌 방계이기는 했으나 엘리오스 가문에 대한 자부심은 남달랐다.

"정신 차려라!"

나직하게 으르렁거리며 수하들을 다그치는 픽스틴 부관.

"잊었더냐? 비록 군문에 투신하기는 했지만 우리는 자랑스러운 엘리오스 가문 소속이라는 것을 말이다."

"하나……."

누군가 얼굴을 찌푸리며 입을 열려 했다. 픽스틴 부관은 날카로운 눈으로 그를 바라보며 입을 열었다.

"나약한 생각은 버려라. 우리는 반드시 살아 돌아간다."

픽스틴 부관의 확신에 가까운 말에 기사들 역시 눈빛이 변했다. 그들의 눈빛이 변한 것을 본 픽스틴 부관이 다시 입을 열었다.

"우리는 용병에게 우리의 목숨을 맡길 정도로 나약하지 않다. 알겠나?"

"옙!"

나직하지만 힘찬 외침이 들려왔다. 그에 픽스틴 부관은 입꼬리를 말아 올렸다. 이제 프라우디르 백인대장은 허수아비가 되었다.

'따라가 주마. 하지만…….'

저 앞에서 길을 개척하고 있는 용병 아론의 등을 바라보는 픽스틴 부관의 눈에서 위험한 빛이 폭사되었다. 그런 픽스틴 부관의 변화를 아는지 모르는지 아론은 주의 깊게 전방을 주시하며 기사들을 이끌고 있었다.

아론은 길을 인도하면서 안색을 미미하게 굳힐 수밖에 없었다. 시체를 수습하면서 보이지 않던 시체들이 보이기 시작한 것이다. 그것도 피부가 벗겨진 채 나무에 매달려 있었다.

"마치 교수형에 처한 것 같군."

얀센이 눈살을 찌푸리며 나직하게 말했다. 진득한 피 냄새가 사방으로 진득하게 퍼져 나가고 있고, 왠지 모르게 살기가 숲 전체를 감싸고 있는 것 같았다.

"기분 나쁘군."

프라우디르 백인대장이 잠시 주변 숲을 살펴보며 나직하게 말했다. 진득하게 옭아매는 살기, 그리고 비릿한 피 냄새와 함께 신경을 묘하게 거슬리는 무엇 때문이었다.

누군가가 자신들을 지켜보고 있는 것 같은 느낌 말이다.

아론은 주의 깊게 주변을 살폈다.

그의 시선이 무언가를 찾으며 날카롭게 숲을 응시했다.

"뭐 하는 건가?"

그때 그의 곁으로 다가온 이가 있었으니 바로 픽스틴 부관이었다.

"무언가 우리를 감시하고 있어."

"감시? 무슨 감시? 설마 몬스터가 우리를 감시하고 있다는 것은 아니겠지?"

아론은 슬쩍 픽스틴 부관을 바라봤다. 픽스틴 부관은 그런 아론의 시선을 회피하지 않았다.

"아직도 몬스터를 인정하지 않는 건가?"

"흥! 몬스터는 몬스터일 뿐이다."

"아직 덜 당한 건가? 그런 몬스터에 80여 명이 넘는 인원이 몰살당했다."

"그것은 그들이 약해서이지. 실제로 익스퍼트에 이른 기사들은 모두 살지 않았는가?"

"그래서 하고 싶은 말이 뭔가?"

아론이 픽스틴 부관을 바라보며 물었다. 그에 픽스틴 부관은 차갑고 경멸스러운 미소를 떠올렸다.

"너는 용병, 나는 기사. 감히 어디서 고개를 빳빳하게 세우나? 그리고 소속이 다르다 하더라도 분명 나는 너의 상관이다. 함부로 나서지 마라."

"……."

그에 아론은 픽스틴 부관을 말없이 바라봤다. 모든 이의 시선이 아론과 픽스틴 부관에게로 향했다.

"픽스틴 부관, 대체 무슨 말인가?"

"프라우디르 백인대장님도 그렇습니다. 불의 가문인 플람베르 가문의 사람으로 알고 있습니다. 무계를 지배하는 일곱 가문 중 서열 2위에 해당하는 불의 가문의 사람으로서 이 무슨 추태입니까?"

"감히!"

그에 플람베르 백인대장이 노호성을 터뜨렸다. 그의 전신이 분노로 잘게 떨리고 있었다. 두 번 다시 떠올리기 싫은 과거 때문이다. 자신은 이제 플람베르 가문의 기사가 아닌 군문에 투신한 백인대장일 뿐이었다.

분노한 프라우디르 백인대장의 기세는 그야말로 흉신악살과 같았다. 아무리 픽스틱 부관이 중급의 기사라고는 하나 중급과 상급의 차이는 하늘과 땅의 차이라 할 수 있다.

"하극상인가?"

"크흐음."

프라우디르 백인대장의 기세에 픽스틴 부관은 주춤거리며 물러났다. 마음에 들지 않아 나서기는 했지만 자신은 지금 하극상을 행하고 있는 것이다. 기사로서 자존심을 건드리고 말았기 때문이다.

"진정, 진정하십시오."

그때 보다 못한 얀센이 나섰다. 그 또한 지금의 상황이 굉장히 당혹스러웠다.

상당한 위협에 당면한 상황에서 이렇게 분열된다면 오히려 이곳을 벗어날 수 있을지도 의심스러웠기 때문이다. 이미 자신은 기사들과 궤를 달리해 아론을 형님으로 모시지 않았는가?

그러함에도 나설 수밖에 없었다.

"진정? 지금 귀관은 나에게 진정하라 했는가? 지금 이 상황에서?"

"냉정해지셔야 합니다. 백 명의 인원 중 겨우 이 인원만 살아남았습니다. 중요한 것은 임무를 완수하고 이곳을 벗어나야 한다는 것입니다. 다들 표현하지는 않았지만 그 내심 신경이 극한으로 곤두서 있을 것입니다."

그에 프라우디르 백인대장은 슬쩍 픽스틴 부관을 바라봤다. 그러면서도 그는 여전히 기세를 거두어들이지 않았다. 픽스틴 부관은 굵은 땀방울을 흘리면서도 결코 물러서지 않을 태도였다. 하지만 상급의 기사가 쏘아 보내는 기세를 감당하기에는 무리가 있었다.

"끄으응!"

얼굴이 하얗게 변해가는 픽스틴 부관의 모습을 보며 프라우디르 백인대장은 다시 한 번 말했다.

"물었다. 하극상이냐고."

"죄송합니다."

그에 프라우디르 백인대장은 기세를 거두어들였다.

"후욱!"

그제야 좀 살겠다는 듯이 진한 숨을 내쉬는 픽스틴 부관.

"실수라고 인정하지. 하나 두 번의 실수는 인정하지 않는다."

"알… 겠습니다."

말은 그렇게 하고는 있지만 픽스틴 부관의 내심은 전혀 그렇지 않았다.

'빌어먹을 놈. 겨우 가문에서 쫓겨난 주제에.'

하지만 결코 겉으로 그 생각을 드러낼 정도로 어리석은 인물은 아니었다.

"하나 분명히 해야 할 것은 있습니다. 그는 분명 용병이고 길잡이일 뿐입니다. 명령권은 분명 백인대장님께 있습니다."

"……."

프라우디르 백인대장은 별다른 말을 하지 않았다. 사실 픽스틴 부관의 말이 기사들의 심정을 그대로 대변하는 것일지도 몰랐다. 프라우디르 백인대장은 바로 그것이 싫어서 가문을 박차고 나와 군문에 투신한 것이기도 했다.

"그래서?"

눈살을 찌푸리며 픽스틴 부관에게 되묻는 프라우디르 백인대장.

"저 용병 놈이 아무리 대단하다 할지라도 용병은 용병일 뿐입니다. 그러한 자에게 작전권을 일임하는 것은 말도 안 되는 일이며 더욱이 용병 놈과 평대라니 있을 수 없는 일입니다."

"모두… 같은 생각인가?"

프라우디르 백인대장은 슬쩍 기사들을 훑어보았다. 그에

기사들은 슬쩍 그의 시선을 회피하면서도 부정하지는 않았다.

그 모습에 프라우디르 백인대장은 나직하게 한숨을 내쉬며 고개를 저었다. 저런 꼴이 보기 싫어 군문에 들어왔건만 또다시 똑같은 모습을 보게 된 것이다.

하지만 그는 픽스틴 부관을 어찌할 수 없었다. 그 또한 비록 방계이기는 하지만 엘리오스 가문의 일원이고, 결정적으로 그는 군문에 몸담고자 하는 것이 아닌, 경험 차원에서, 혹은 귀족의 의무로서 군문에 들었기 때문이다.

그 말은 자신은 계속 이곳에 남겠으나 픽스틴 부관은 이곳을 벗어날 것이고, 이미 가문을 버린 자신보다는 군문을 벗어났다 해도 가문의 후광을 입은 그의 입김이 더 세다는 것을 의미했다. 그리고 살아남은 기사들 역시 그를 따르고 있었다.

그에 프라우디르 백인대장의 시선이 아론에게로 향했다. 아론은 어깨를 으쓱해 보이며 말했다.

"길잡이만 원한다면 그래야겠지."

간단명료한 답이다. 하나 픽스틴 부관은 그마저도 마음에 들지 않는 모양이었다.

"네 이노옴, 네놈이 진정 제이니스 제국의 제국민이라 할 수 있더냐? 군문에 투신했으면 당연히 맡은 바 임무를 충실하게 수행해야 함을 모른다는 말이더냐?"

"난 제국민이 아닌데?"

별 시답지 않은 말을 한다는 듯이 퉁명스럽게 말하는 아론에 픽스틴 부관은 딱히 별다른 말을 할 수 없었다.

용병에게 있어 출신을 따질 수는 없었다. 신분제가 철저한 이 세계에서 유일하게 신분제에 얽매이지 않고 자유롭게 이동할 수 있는 자들이 바로 용병이었기 때문이다.

그가 적대국인 시베리아 제국 출신이라고 해도 할 말이 없었다. 용병에게 출신지를 묻고 충성을 바란다는 것 자체가 무리가 있음을 모르는 이는 없었다. 그래서 귀족들이나 기사들은 그들을 천한 놈, 혹은 부랑자 대우를 하는 것이었다.

그러면서도 그들을 채용하지 않을 수 없는 것은 역시 모자란 군사력을 그들로 충당할 수 있기 때문이다. 그리고 그들을 채용할 수 있는 이유는 그들은 철저하게 돈에 의해 움직이기 때문이었다. 그러한 그들에게 제국의 신민이라는 말을 했으니 억지가 아닐 수 없었다.

"네놈이 바로 적국의 첩자로구나."

"거참, 그 양반, 말이 되는 소리를 해. 내가 제이니스 제국의 제1만인대에서 지낸 지가 20년이 넘어. 대단하신 픽스틴 부관의 말에 따르면 내가 열두 살 때부터 첩자질을 했다는 말인데, 그때 픽스틴 부관 당신은 부군의 몸속에 있었을 텐데, 대단하군. 몸속에서부터 이 먼 곳을 볼 수 있었다니 말이야."

"크극."

아론의 말에 제라르는 면전이라 차마 웃지 못하고 억지로 웃음을 참았다. 그것은 몇몇 기사도 다르지 않았다.

"이, 이놈이……."

그에 자신의 실언을 깨닫고 분을 참지 못하는 픽스틴 부관의 모습에 프라우디르 백인대장이 앞으로 나섰다.

"지금 중요한 것은 살아남아 임무를 완수하는 것이다."

"그, 그야……."

자신에게 모든 것이 넘어오는 그 순간 아론의 개입으로 인해 다시 프라우디르 백인대장에게 주도권이 넘어가 버렸다.

픽스틴 부관은 눈에 띄게 얼굴을 굳히고 있었다. 그로서는 절호의 기회를 아론의 한마디에 날려 버린 셈이다.

"내 말이 틀렸나?"

"마, 맞습니다."

떨떠름하게 답하는 픽스틴 부관.

"그리고 지금은 비상 상황이라는 것을 인정하나?"

"인정… 합니다."

"비상 상황에서는 그에 걸맞은 특단의 조치가 있어야 함을 인정하나?"

"인정… 합니다."

픽스틴 부관은 딱딱하게 굳은 얼굴로 고개를 끄덕였다.

인정하지 않을 수 없지 않은가?

이미 대세는 프라우디르 백인대장에게 넘어갔다. 지금 이 순간 자신이 할 수 있는 일은 아무것도 없었다.

'두고 보자.'

그는 프라우디르 백인대장보다 아론을 쏘아보며 이를 빠드득 갈아붙였다. 그가 그러거나 말거나 프라우디르 백인대장은 아론에게 시선을 두며 입을 열었다.

"그대를 믿도록 하지."

"거 좋은 말이군. 한데 무엇을 해야 하나?"

"당연히 상황을 확인해야지."

"회색 오크들의 본거지 말인가?"

"그것을 확인해야 임무를 완수하는 것이니까."

"아니지. 이미 임무는 완수했지."

"박살 난 저들의 보급기지 말인가?"

"그렇지."

"하긴 그렇군."

쉽게 인정해 버리는 프라우디르 백인대장에 픽스틴 부관이 반박을 하고 나섰다.

"인정할 수 없습니다. 죽어간 병력과 동료들의 혼은 어찌하란 말입니까? 그들의 시체와 원한을 버려두고 간단 말입니까? 있을 수 없습니다. 그놈들의 뼈를 바르고 껍질을 벗겨야만 합니다."

그의 말에 대부분의 기사들이 고개를 끄덕였다. 그들은 아직도 인정하지 않고 있었다. 변해 버린 회색 오크들을 말이다.

그들은 현재 복수에 눈이 멀었다. 그들이 평소 몬스터라 여기던 오크들에게 농락당한 자신들의 현 상황을 인정할 수 없었다.

"하면 어쩌자는 건가?"

"당연히 복수를 해야 합니다."

"무리라는 것을 모르나?"

"무리라 할지라도 물러설 수 없습니다."

픽스틴 부관의 억지는 계속되었다. 그에 프라우디르 백인대장의 얼굴이 찡그려졌다. 그러다 굳은 얼굴로 픽스틴 부관을 향해 입을 열었다.

"명령이다. 후퇴한다."

"그……"

"항명인가?"

"……"

말이 없었다. 그에 프라우디르 백인대장은 플레일을 꺼내 들었다. 전투에 있어서 항명은 즉결 처분이다.

"아, 알겠습니다."

결국 인정할 수밖에 없었다. 하나 프라우디르 백인대장을 바라보는 그의 눈동자는 결코 마음 깊숙한 곳에서 인정하는 것이 아니었다.

'두고… 보자.'

그는 이를 갈았다. 왠지 모르게 가슴 깊숙한 곳에서 좀 전과 비교할 수 없는 반발심이 솟아나고 있었다. 그런 모습을 보면서도 프라우디르 백인대장은 플레일을 거두며 나직하게 입을 열었다.

"후퇴한다."

그의 명에 안도하는 이들이 있는가 하면 인상을 찌푸리는 이도 있었다. 하지만 결코 겉으로 표출하지는 않았다. 작전 중 지휘관의 명은 가장 우선시해야만 하는 것 중 하나이기 때문이다.

프라우디르 백인대장은 슬쩍 옆을 보며 고개를 끄덕였다. 그에 아론 역시 고개를 끄덕이며 조심스럽게 걸음을 옮기기 시작했다. 회색 오크들을 쫓아 회색의 숲 안쪽으로 들어가는 것이 아니라 왔던 길을 되돌아가려는 생각이다.

그러한 그들을 멀리서 지켜보고 있는 이들이 있었다. 아니, 사람이 아닌 거대한 체구를 지닌 회색 오크 두 마리였다. 한 마리는 피가 덕지덕지 묻은 거대한 해머를 들고 있고, 또 다른 한 마리는 넝마처럼 변한 로브를 입고 후드를 깊숙하게 눌러쓰고 있었다.

"인간들이 꽤나 영악하군."

"켈! 그렇다 하더라도 죽는 것은 마찬가지입니다."

"글쎄. 나는 그렇게 보지 않아."

"왜입니까?"

"저기 길을 안내하고 있는 자, 왠지 위험해 보여."

"운이 좋았을 뿐입니다."

"운이라고 치기에는 그의 무력이 너무 강력하다."

"하면 어찌하실 요량이십니까?"

"음……."

나직하게 신음 소리를 내는 해머를 들고 있는 오크에 넝마와 같은 로브와 후드를 깊숙하게 눌러쓴 오크가 입을 열었다.

"직접 참여하실 생각이십니까?"

"모든 것을 보여줄 필요는 없겠지."

"물론 그렇습니다만."

"저들이 살아간다 해서 과연 그들의 말을 믿어줄 이가 있을까?"

"의심할 것입니다."

당연하다는 듯이 고개를 끄덕인 장대한 체구의 회색 오크. 왜 그렇지 않겠는가.

현재 자신들조차도 지금의 모습을 믿지 못하는데 평소 몬스터라 부르며 하등한 존재로 생각하던 것들이 작전을 구사하고 인간의 언어를 사용한다면 과연 누가 그 말을 믿을까?

"그렇지. 의심은 하겠지. 하지만 확신은 가지지 못하겠지."

"그들은 인간에게 의심을 심어주는 것이 아니라 우리와 인간의 전쟁을 원하고 있습니다."

"취이익!"

그들이라는 말이 나오자 오만하게 전면을 내려다보던 장대한 체구의 회색 오크가 콧김을 내뿜으며 살의 가득한 투기를 내비쳤다.

하지만 그 투기는 흔들리고 있었다. 장대한 체구의 회색 오크의 눈동자에는 분노와 함께 공포가 떠올랐다.

"아직 방법을 찾지 못했나?"

하나 이내 공포와 분노를 갈무리하고 나직하게 으르렁거리면서 입을 여는 회색 오크였다. 그에 로브를 깊숙하게 뒤집어 쓴 회색 오크는 회색으로 빛나는 기다란 수염을 가늘게 떨며 말했다.

"죄, 죄송합니다."

"아니, 되었다. 너의 경지가 조금 더 높아진다면 놈의 금제를 풀어낼 수 있는 방법을 찾을 수 있겠지."

"무, 물론입니다."

"그러면 되었다. 그리고 골가스에게 전하라. 놈들을 추적하라고."

"추적만 합니까?"

그에 장대한 체구의 회색 오크가 누런 이빨을 드러내며 웃었다.

"몇 명 정도는 상관없겠지."

"알겠습니다."

그들이 숲의 어둠 속으로 사라졌다.

*   *   *

"취이익! 죽어랏!"

"기습이닷!"

"방어 대형으로!"

차자자장!

서걱!

"뀌이이익!"

프라우디르 백인대장의 명령에 둥그렇게 방어 대형을 빠르게 갖춘 정찰대의 그 중심에서 이글레시아스 마법 조장이 외쳤다.

"타올라라! 그리고 폭발하라! 파이어 볼!"

화르르륵! 콰아아앙!

서너 개의 파이어 볼이 달려오는 회색 오크를 향해 쇄도했다. 하지만 회색 오크들은 파이어 볼을 겁내지 않았다. 들고 있던 조잡하게 만들어진 강철 방패를 들어 날아오는 파이어 볼을 막거나 튕겨냈다.

타당! 콰아아앙!

그 모습에 입을 벌리며 놀라는 이글레시아스 마법 조장이었다.

전투에 들어서 가장 간단하고 가장 효율적인 마법이 바로 파이어 볼이다. 그런데 그 파이어 볼을 간단하게 막아내고 아무런 문제가 없다는 듯이 달려드는 회색 오크들의 모습에 놀랄 수밖에 없었다.

"고작 몬스터 주제에."

분노한 이글레시아스 마법 조장이 다시 주문을 영창하기 시작했다. 그 순간 회색 오크들이 물밀 듯이 그들을 향해 쇄도했다.

하지만 모든 이가 방어 진형을 구축하고 있는 것은 아니었다. 회색 오크들이 놓친 것이 있었으니 바로 아론과 제라르였다.

그들은 본래 용병. 굳이 기사들 틈 속에 섞여 방어 진형을 구축할 필요가 없었다. 그들은 구축된 방어 진형 밖에서 자유롭게 움직이고 있었다.

그들의 움직임을 놓친 것은 회색 오크들에게 있어서 천추의 한이 될 수밖에 없었다.

그리고 그것을 증명이라도 하듯 눈부신 활약을 시작하는 제라르와 아론.

"크하하하! 덤벼, 이 개새… 아니, 오크 새끼들아!"

제라르는 날아오는 배틀 엑스를 가볍게 흘리고 반대편 손에 쥔 대검으로 회색 오크의 목을 그어냈다.

검은 녹색의 오크의 체액이 허공으로 치솟았다. 그 순간 날아오는 또 다른 배틀 해머.

하나 제라르는 허리를 숙이며 배틀 해머를 피해내고, 앞으로 성큼 한 걸음 내디디며 두 자루의 대검을 아래에서 위로 그어 올렸다.

"쥐에에엑!"

회색 오크의 핏물이 쏟아지고 비명을 지르며 쓰러졌다. 하지만 회색 오크는 아직 많이 남아 있었다.

"으하하하!"

제라르는 통쾌한 웃음을 터뜨렸다. 자신은 아직 하급의 익스퍼트였다. 그런데 어렵지 않게 회색 오크를 잡아내고 있었다.

'이유가 뭐냐고?'

이유는 간단했다. 그 이유란 바로 아론이 무심결에 지나가면서 흘린 단 한 마디 때문이었다.

'미친놈들이지. 전투할 때 자랑할 일 있나? 왜 마나를 줄줄이 흘리고 다녀? 그러니 겨우 10분, 20분이지.'

'아니, 그게 무슨 말이유?'

'마나는 적을 죽일 때만 쓰면 되는 거다.'

'……!'

그때부터 제라르는 달라졌다. 익스퍼트 하급에 불과하지만 마나의 운용 시간이 10분에서 20분, 혹은 1시간 가까이 늘어났다. 그 이유는 적을 벨 때만 마나를 사용했기 때문이다. 바로 지금처럼 말이다.

촤아악!

검녹색 핏물이 다시 허공으로 튀어 올랐다.

두꺼운 회색 오크의 몸통이 순식간에 반 토막이 났다. 벌써 20분을 넘겼음에도 아직 제라르는 팔팔했다. 남은 마나를 그 스스로 육체로 돌리며 이전과는 비교조차 할 수 없을 정도로 빠르고 강력하게 움직일 수 있었다.

그러니 웃음이 절로 나왔다. 마치 전투에 미친놈처럼 말이다.

그의 움직임에 방어 진형을 구성해 쇄도해 오는 회색 오크들을 방어하고 있던 얀셴의 눈동자가 반짝 빛났다.

'어떻게 저럴 수 있지?'

경력 면으로 보나 마나 운용 면으로 보나 제라르보다 자신이 더 우월했다. 같은 하급이라고는 하지만 자신은 중급을 향해가고 있다. 당장 중급으로 상승이 가능할 정도로 중급에 가까워진 자신의 마나량이었다.

하지만 여전히 자신은 중급이 아니었다. 하급의 기사일 뿐이다. 때문에 하급의 기사들은 방어 진형을 구축하고 방어를 중심으로 하다 회색 오크에게서 보이는 잠시의 틈을 노려 검을 찔러 넣는 것이 대부분이다.

중급의 부관 역시 마찬가지였다. 겨우 20분 정도의 마나 시전 시간을 가지고 사방을 회색으로 물들이고 있는 오크들을 당해내는 것은 쉽지 않은 일이었다. 그나마 상급인 백인대장만이 줄기차게 오러 얀을 시전해 회색 오크를 주살하고 있었다.

얀센은 방패를 두들기는 회색 오크가 움찔거리는 짧은 틈을 타 할버드가 아닌 짧은 글라디우스로 오크의 복부를 찔렀다.

하지만 회색 오크는 몸을 살짝 틀어 검을 피해내고, 다시 고막을 터뜨릴 것 같은 함성을 지르며 맹렬하게 배틀 해머로 방패를 두들겼다.

'크윽!'

사정없이 떨어져 내리는 배틀 해머에 팔이 저릿저릿할 정도이다. 하지만 이를 악물고 참아내며 두 손으로 방패를 잡아

또다시 떨어져 내리는 배틀 해머를 빗겨 막았다.

그에 회색 오크가 휘청거렸고, 그 틈을 파고든 픽스틴 부관이 오러 미스트를 시전해 회색 오크의 배를 갈라 버렸다.

그리고 동시에 픽스틴 부관이 외쳤다.

"방진을 풀라!"

그 말은 바로 공격하라는 말이었다. 기사들은 기다렸다는 듯이 방진을 풀고 각자의 병기에 오러 포스를 시전하며 공세로 전환했다.

"픽스틴 부관!"

그때 프라우디르 백인대장이 외쳤다. 아직 회색 오크의 수는 많았다. 아직 전투는 끝을 향하지 않고 한창 진행 중이었다. 그 와중에 픽스틴 부관이 방어 진형을 풀어버린 것이다.

프라우디르 백인대장이 대노하여 픽스틴 부관을 바라봤다. 그에 픽스틴 부관은 비웃음이 가득한 얼굴로 프라우디르 백인대장에게 외쳤다.

"기사는 결코 물러서지 않으며, 겁쟁이가 아닙니다! 이깟 회색 오크쯤으로 우리를 어쩔 수는 없습니다!"

이를 갈아붙이며 섬뜩한 눈동자를 한 채 말하는 픽스틴 부관. 그의 눈동자는 핏발이 서 있고 기이한 열기로 번들거리고 있었다. 그때야 프라우디르 백인대장은 알 수 있었다.

'제정신이 아니구나.'

이해할 수 없었다. 겨우 이 정도에 피에 물들어 전귀에 먹힐 픽스틴 부관이 아니었다. 이것보다 더 치열한 전투를 한두 번 겪은 것이 아니다.

'왜?'

의문이 가득했지만 지금은 그 의문을 풀 수 없었다. 방어 진형을 풀어버리자 위험해진 것은 기사들만이 아니었다. 바로 방어 진형의 중심에서 열심히 마법을 난사하던 두 명의 마법사 역시 위험해졌다.

그들이 아무리 배틀 메이지라고는 하나 체력이 기사들보다 못하니 당연했다.

"얀센!"

프라우디르 백인대장은 곧바로 얀센을 불렀다. 막 한 마리의 회색 오크를 쪼갠 얀센은 대답도 없이 빠르게 프라우디르 백인대장 곁으로 왔고, 네 명이서 등을 맞대고 회색 오크들에게 대항하기 시작했다.

하지만 그들은 지쳐 있었다. 방어만 한다고 해서 체력이 고갈되지 않는 것은 아니었고, 짧은 시간이지만 전력을 다해 회색 오크들과 전투를 치렀으니 당연했다. 그리고 마법사들은 더더욱 그러했다.

기사들이 짠 방어 진형 안에서 비록 마나가 적게 드나 폭발력이 강한 마법을 난사해 마나는 쥐꼬리만큼 남았다.

"후욱! 후욱!"

얀센이 거친 숨을 내쉬었다. 그러한 그의 눈앞으로 여러 마리의 회색 오크가 눈동자에 핏발이 선 채 달려들었고, 얀센은 할버드를 수평으로 휘둘러 쇄도해 들어오는 오크들을 물러나게 했다. 그 순간 밀려난 회색 오크들이 비명을 질렀다.

"취에에엑!"

"꿰이이익!"

한꺼번에 네댓 마리의 목이 허공에 떠오르며 검녹색의 체액이 허공을 물들였다. 그와 동시에 검녹색의 체액이 얀센을 덮쳤고, 얀센은 본능적으로 피했다. 하지만 검녹색의 체액으로 더럽혀지는 것을 막을 수는 없었다.

빠르게 감은 눈을 떠 전면을 응시한 그는 한 명의 인물을 발견할 수 있었다.

'창?'

하지만 아니었다. 분명 창과 같은 장병이기는 했다. 하지만 찌르는 것만이 아니라 베기도 했다. 창대의 끝에 펄션보다 조금 더 휘어지고 날카로운 물건이 달려 있었다.

이런 숲 속에서 저런 장병을 다룬다는 것도 이상했고, 창에 펄션과 같은 것이 달려 있는 무기도 처음 보았다.

하지만 그 덕분에 그를 주변으로 4~5미터 내에는 그 어떤 회색 오크도 존재하지 않았다. 그의 일격에 수 마리의 회색 오크가 비명조차 지르지 못한 채 죽어갔다.

"쥐이익! 인간!"

그때 일반 회색 오크보다 머리 하나는 더 큰 회색 오크가 양손에 든 거대한 배틀 해머를 휘두르며 아론을 향해 쇄도해 들었다.

그에 아론은 서늘한 미소를 떠올렸다. 마치 기다리고 있었다는 듯이 말이다.

아론은 그 자리에서 떠올랐고, 자신의 앞을 가로막고 있던 회색 오크의 머리를 밟았다.

퍼억!

그가 머리를 밟는 순간 회색 오크의 머리가 터져 나갔다. 하나 아론은 이미 그 자리에 있지 않았다.

투두두둑!

마치 징검다리를 건너듯 회색 오크의 머리를 밟으며 빠르게 양손에 배틀 해머를 든 회색 오크를 향해 쇄도해 들어가고 있었다.

퍼버버벅!

그에게 머리를 밟힌 회색 오크들은 머리가 터져 나가며 죽어갔다.

"인간 놈! 죽어랏!"

부우우웅! 부웅!

두 자루의 배틀 엑스가 허공을 갈랐다. 아론은 밑으로 축 내리고 있던 장병기를 들어 아래에서 위로 그어 올렸다.

스가각!

두 자루의 배틀 엑스가 힘 한번 써보지 못하고 잘려 나가 버렸다. 그에 회색 오크의 눈이 커졌다. 그 순간 장병기를 크게 회전시킨 아론의 팔이 주욱 늘어났다.

"큭!"

그에 회색 오크의 입에서 답답한 소리가 흘러나왔다. 회색 오크는 믿을 수 없다는 듯이 자신의 목을 관통한 장병기를 바라봤다. 그리고 손을 들어 자신의 목을 꿰뚫고 있는 장병기를 잡아갔다.

그에 아론의 입술이 꿈틀거리면서 한 걸음 더 앞으로 전진 하면서 찔렀다.

"끄극!"

장병기가 완벽하게 회색 오크의 목을 꿰뚫었고, 아론은 장병기를 비틀며 그어 올렸다.

촤아아악!

회색 오크는 목에서부터 머리까지 그대로 일자로 갈라지며 터져 나갔다.

"크극!"

"쥐익!"

주변에 있던 회색 오크들이 주춤거리며 뒤로 물러났다.

팟!

그 순간 아론의 신형이 허공으로 뛰어올랐다. 그의 그림자가 스쳐 지나간 곳에는 여지없이 죽은 회색 오크의 시체가 쌓였다.

"거참, 그 양반 물 만났구먼, 물 만났어."

회색 오크를 죽여 나가면서도 제라르는 여유가 있었다. 방금 아론이 잡은 회색 오크가 아마도 지금의 회색 오크 무리를 이끄는 대장인 듯싶었다.

대장 오크를 제외하고는 지금 제라르를 감당할 수 있는 오크는 드물었다.

이미 아론의 조언이나 가르침으로 인해 마나량이 증가했을뿐 아니라 오러 포스에 대한 이해가 극에 달한 상황이다. 그리고 지금 이 순간 제라르는 하급에서 중급으로 한 등급 단계가 상승하고 있었다.

치열하게 전개되는 전투 속에서 그는 마나의 이해와 컨트롤이 늘어나고, 그동안 지속한 마나 호흡에 의해 증가한 마나량이 한데 어울리며 기어코는 한 등급 상승한 것이다. 하급일 때와 중급일 때의 느낌은 천양지차라 할 수 있다.

촤아악!

자신의 상태를 파악한 제라르는 대장이 죽었음에도 불구하고 물러나지 않고 앞과 뒤에서 공격해 들어오는 회색 오크를 보지도 않고 쌍검을 교차하며 복부와 심장을 찔러 죽음을 내렸다.

"크하하학! 죽어! 죽어랏!"

그때 들려오는 발작적인 비명과도 같은 소리가 있었다. 아론과 제라르는 슬쩍 그곳을 바라보며 눈살을 찌푸렸다. 온통 회색 오크의 체액과 자신의 핏물을 뒤집어쓴 픽스틴 부관의 광기 어린 모습이 보였다.

그는 미친 듯이 웃으며 모닝스타를 휘두르고 있었다. 그가 지니고 있던 방패는 이미 찌그러지고 깨져 제 기능을 할 수 없을 정도였고, 마나 역시 다 쏟아냈는지 그의 모닝스타에는 한 줌의 마나도 서려 있지 않았다.

제라르는 슬쩍 아론을 바라봤다. 그에 아론은 무심하게 고개를 돌려 버렸다. 그리고는 들고 있는 장병기로 자신을 향해 쇄도하는 회색 오크들을 죽여 나갔다. 한 번에 서너 마리의 회색 오크가 피떡이 되어 사방으로 흩어졌다.

"취이익! 무, 무서운 인간!"

"도, 도망쳐라!"

거의 전멸에 가까운 타격을 입은 회색 오크들은 그제야 두려움에 떨며 싸우기를 멈추고 등을 돌려 숲 속으로 달아나기 시작했다. 달아나는 오크를 보며 그 누구도 추격하지 않았다.

그 대신 그들은 자리에 털썩 주저앉았다.

아론은 가볍게 자신의 무기에 묻은 회색 오크의 피를 털어내며 주변을 둘러보았다. 살아남은 자가 별로 없었다. 이글레시아스 마법 조장과 프라우디르 백인대장, 얀셴, 제라르만 살아남았을 뿐이다.

아론의 시선이 프라우디르 백인대장에게로 향했다. 프라우디르 백인대장은 피 흘리며 죽어간 기사들과 원통하다는 듯이 눈조차 감지 못하고 죽은 픽스틴 부관의 시체를 바라보고 있었다.

아론은 걸음을 옮겼다.

척!

그리고 현 상황이 믿을 수 없다는 듯 멍하니 앉아 있는 프라우디르 백인대장 앞에 섰다. 그에 아론을 올려다보는 프라우디르 백인대장.

"가지."

무감정한 아론의 말에 멍하니 그를 바라보던 프라우디르 백인대장은 그제야 현 상황을 인지했는지 메마른 웃음을 지어 보이고 플레일과 방패를 갈무리하며 자리에서 일어났다.

"다 수습했나?"

아론이 뒤도 돌아보지 않고 물었다.

"네."

약간은 힘이 빠진 얀센의 대답이 들려왔다. 아론은 멀뚱히 큰대자로 누워 거친 숨을 내쉬고 있는 이글레시아스 마법 조장을 바라보다 다시 말했다.

"제라르, 마법 조장 업어."

"알았수."

모든 것이 끝났다. 아론은 앞장서서 걸음을 옮겼다. 이어 제라르가 섰고 다음에는 얀센, 그리고 가장 후미에는 프라우디르 백인대장이 섰다. 그렇게 한참 동안 그들은 말없이 걷기만 했다. 그러다 문득 아론이 걸음을 멈추고 어딘가를 바라봤다.

툭!

말없이 걸음을 옮기던 제라르가 그런 그의 등에 부딪쳤다.

"무슨 일이유?"

"……."

제라르의 물음에 답도 하지 않고 그저 한 방향만을 쏘아보는 아론을 본 제라르 역시 그가 쏘아보는 방향을 바라봤다. 하지만 아무것도 없었다. 그때 아론의 목소리가 들려왔다.

"가지."

그가 다시 걸음을 옮김에 다시 행렬이 이어지기 시작했다.

하지만 아론은 이유 없이 멈춰 선 것이 아니었다. 이곳에서 아주 멀리 떨어져 있는 회색 봉우리에 두 명의 회색 오크가

서 있었다. 예의 거대한 체구의 회색 오크와 넝마 같은 로브를 걸친 오크였다.

"나를… 알아보는군."

"설마……."

그러면서 잠시 숲 쪽으로 시선을 돌리는 넝마 로브를 입은 오크였다.

그의 턱에 매달린 회색 수염이 가느다랗게 떨리고 있었다. 자신과 자신의 대족장은 매의 눈이라는 주술을 사용해 숲을 관통하고 있었다.

하지만 인간은 전혀 그런 마법적인 도움도 받지 않고 자신들이 위치한 곳을 바라봤다. 물론 마법사가 있기는 하지만 이미 한계에 다다른 마법 사용으로 인해 아직 정신이 되돌아오지 않은 상태였다.

"생각보다 위험한 자군."

"지금이라도……."

"아니. 인간 중에도 저런 자가 존재해야지. 그래야 재미있지."

"알… 겠습니다."

"그건 그렇고, 이제 모두 일소한 것인가?"

"아직 카툼을 제거하지 못했습니다."

"우툼바의 아들 말인가?"

"그렇습니다."

"크음. 그것은 조금 뼈아프군. 하지만 상관없겠지. 아무것도
없는 놈이 할 수 있는 일은 없으니."

"지당하신 말씀입니다."

"이제 그만 가지."

"명을 따릅니다."

CHAPTER 2

음모

"정찰대가 돌아왔다고?"

"그렇습니다."

"모두 생환인가?"

"그것이……."

"왜?"

"길잡이 용병 두 명과 마법 조장, 그리고 백인대장과 기사 한 명이 전부입니다."

"허어~"

잠시 대화가 끊어졌다.

"과연 회색의 숲이란 말인가?"

"한데 임무는?"

"확인했다고 합니다."

"정녕 시베리아 제국에서 회색의 숲 중앙에 보급기지를 개척했단 말인가?"

"그렇습니다. 한데……."

"한데?"

"정찰대가 도착했을 때는 폐허만 남았다고 합니다."

"폐허? 폐허라……. 철수한 것인가?"

"아닙니다."

"그럼?"

"무언가 알 수 없는 존재에 의해 보급기지에 있는 전원이 전멸했다고 합니다."

"그것이… 정말인가?"

"여기 마법 조장이 그 상황을 담은 마법 수정구가 있습니다."

워렌 듀크스 부관이 조심스럽게 수정구를 내려놓았다. 그에 동부군 사령관 가이트란 후작은 슬쩍 부관이 내민 수정구를 받으며 그를 바라봤다.

"봤나?"

"참모진은 다 봤습니다."

"그래? 실행해 보게."

"알겠습니다."

듀크스 부관이 수정구에 마나를 불어넣자 이내 녹색이 주를 이룬 영상이 펼쳐지기 시작했다.

무심한 표정으로 수정구의 영상을 지켜보던 가이트란 후작은 이내 얼굴을 딱딱하게 굳히기 시작했다.

나무 위에 시체들이 널려 있는 처참하기 그지없는 광경이었기 때문이다. 이미 한 번 영상을 봤다는 참모들도 편한 얼굴이 아니었다. 그저 영상을 보는 것만으로도 이럴진대 실제 현장에 있던 이들은 대체 어떠했을 것인가?

탁!

"그만!"

영상이 다 끝나지도 않았는데 가이트란 후작은 영상을 중지시키라 명했다. 그에 듀크스 부관이 마나의 공급을 중지시켰다.

"크음."

그의 입에서 무거운 신음 소리가 흘러나왔다. 잠시간 침묵이 흘렀다.

"그는 뭐라 하던가?"

"회색 오크들의 짓이라고 했습니다."

그에 가이트란 후작의 얼굴이 꿈틀거렸다. 믿을 수 없다는 듯이 말이다. 그에 듀크스 부관은 보고를 계속했다.

"그들은 인간과 같이 작전을 구사했고, 고블린과 트롤, 혹은 오거 등을 자유자재로 다뤘다고 합니다."

"…그게 말이 된다고 생각하나?"

"……"

가이트란 후작의 말에 그 누구도 답을 하지 않았다. 솔직히 그들도 믿을 수 없었다. 다른 것도 아닌 회색 오크라니… 그 말을 어떻게 믿으라는 말인가?

"아무래도 정찰대를 잃었기에 변명하는 것이 아니겠습니까?"

그때 침묵하고 있던 카스트로 작전참모가 조심스럽게 입을 열었다.

"프라우디르 백인대장이 그렇게 가벼운 인물이던가?"

"하지만 함께 간 엘리오스 가문의 방계인 픽스틴 가문의 장자가 죽었습니다."

"흠."

"아시잖습니까? 현 엘리오스 가문의 위치를 말입니다."

"그렇긴 한데……. 하면 어찌해야 할까……?"

"사실 이번 작전 실패로 사령관 각하의 입장이 참으로 난처하게 되었습니다."

"크음. 그건 그렇지."

정찰대에 두 개 가문의 인원이 포함되어 있었다. 서로 앙숙인 가문의 인물들이었지만 그리 어렵지 않은 임무였기에 함께 배치한 것이다.

이미 회색 숲에서 살아 돌아온 용병들이 있었고, 전투를 하는 것이 아니라 확인만 하고 오면 되는 쉬운 임무를 주어 공을 세우게 하고 그들을 진급시키려 했다. 하지만 일이 완전히 틀어져 버렸다.

그들 가문과 관계를 돈독히 하기 위해 그들을 이용하려 했는데 오히려 악수가 되어 돌아온 것이다.

"어떻게 해야 할까?"

"희생양이 필요합니다."

"희생양이라……. 그를 희생양으로 삼기는 조금 난감하군."

"프라우디르 백인대장은 근신에 두 명의 용병과 살아남은 기사 한 명은 불명예 전역 처리해야 하지 않겠습니까?"

"고작 그것으로?"

"안보다는 밖에서 처리하는 것이 옳습니다."

"그 말은……."

"픽스틴 가문에 정보를 흘려야겠지요."

"흐음."

정보참모의 말에 나직하게 한숨을 내쉬는 가이트란 후작이다.

"결정을 내려야 합니다. 이 사건과 프라우디르 백인대장은 아무런 연관이 없으며, 두 개 조로 나눠 정찰을 하던 도중 회색 오크와 고블린의 습격에 의해 픽스틴 부관은 안타깝게 목숨을 잃은 것입니다."

"실제 최초 프라우디르 백인대장은 병력을 나눌 것을 명령했습니다. 물론 중간에 용병의 강력한 주장이 있었다는 것을 첨부해야 하겠습니다만."

"그리고 픽스틴 부관과 그를 따르는 정찰대는 회색 오크에게 죽음을 당했고, 용병은 죽음이 두려워 도망치다 프라우디르 백인대장과 합류합니다."

"으음……."

정보참모와 작전참모가 차례로 돌아가며 프라우디르 백인대장과 마법 조장이 한 말에 첨언하거나 조작하며 주거니 받거니 했다.

그들의 조작은 참으로 놀랍게도 앞뒤가 딱딱 맞아떨어지고 있었다.

"그건 그렇고, 이 마법 구슬과 마법 조장, 그리고 프라우디르 백인대장은 어찌할 것인가?"

"뭐 마법 조장에겐 이미 확답을 받았습니다. 그 역시 픽스틴 부관의 죽음이 쉽게 넘어갈 일이 아니며, 자칫 잘못해서 자신이 매장당할 수 있음을 명확하게 인지하고 있었습니다."

"문제는 프라우디르 백인대장이로군."

"그렇습니다."

"그는 물론 절대 그럴 수 없다고 했겠지?"

"그게……."

차마 답을 하지 못하는 정보참모이다. 하지만 가이트란 후
작은 그럴 줄 알았다는 듯 무심하게 고개를 끄덕였다. 하지만
이내 일이 잘 안 풀린다는 듯이 손을 들어 이마를 문질렀다.
뭔가 당황스러운 문제가 생겼을 때 나오는 그의 버릇이다.

"참 고민이로군."

"이러면 어떻겠습니까?"

"방법이 있나?"

"플람베르 가문의 차남을 이용하는 방법입니다."

"플람베르 가문의 차남이라……."

이들이 이렇게 이간을 자처하는 것은 가이트란 후작이 성
역의 일곱 가문 중 가장 말석을 차지하고 있는 칼뤼베이우스
가문의 외부 제자이기 때문이었다.

성역의 일곱 가문이 정계에 전혀 관심이 없다고 하지만 그
들 아래에는 수없이 많은 귀족과 기사가 존재했다.

그들 중에는 한 지방의 패주도 있었고, 막강한 권력을 휘두
르는 정계의 유명 인사도 있었다. 그리고 그런 외부 제자들은
자신들끼리 뭉쳐 세력이나 권력 다툼을 일삼았는데 그것이 성

역의 일곱 가문의 성세에 영향을 끼칠 정도였다.

기실 성역의 일곱 가문 사이에는 그리 큰 차이가 없었지만 언제부터인가 사람들은 그 일곱 가문의 순위를 매겼고, 그중 칼뤼베이우스 가문을 성역의 일곱 가문 중 가장 아래에 두었다.

가이트란 후작은 칼뤼베이우스 가문의 외부 제자로서 항상 이것이 불만이었다.

아무리 공정을 기한다고 해도 팔은 안으로 굽는 법이다. 물론 프라우디르 백인대장이나 픽스틴 부관에 대해서는 별 감정이 없었다. 오히려 더 좋은 감정을 가지고 그들과 우호적인 관계를 유지하기 위해 가벼운 임무를 맡겼다.

반드시 성공할 수밖에 없는 임무였다. 그런데 멍청한 프라우디르 백인대장은 1백의 정찰대를 모두 잃어버리고 겨우 목숨만 부지해서 살아 돌아왔고, 더 멍청한 픽스틴 부관은 목숨을 잃고 말았다.

자칫 잘못하면 자신이 그 모든 책임을 뒤집어써야 할 판이었다. 선의든 악의든 간에 자신이 살고 봐야 했다. 자신이 아무리 후작이라고 하지만 성역의 일곱 가문 중 두 가문의 압력을 버텨내기는 힘들기 때문이다.

때문에 자신이 살 방도를 내어야 했다. 그래서 픽스틴 부관의 죽음을 용병에게 뒤집어씌우고, 프라우디르 백인대장은 가문의 역학 관계를 이용해 제거하여 그 입을 닫게 하고 애초에 이 작전 자체를 묻어버릴 작정인 것이다.

그런 작전참모의 의도를 읽은 가이트란 후작이 깊숙하게 묻고 있던 상체를 일으켜 세우며 물었다.

"어떻게?"

"평소 플람베르 가문의 차남은 프라우디르 백인대장에 대해 질투가 심했습니다."

"그야 뭐 다 알고 있는 사실이고."

"하지만 아무리 프라우디르 백인대장이 플람베르 가문의 성을 버리고 이름마저 바꿨다고는 하나 플람베르 가주의 비호 아래에서 벗어날 수는 없습니다. 군문에 있음에도 불구하고 그가 별 탈 없이 자리를 잡을 수 있던 이유가 바로 그 때문이니까요."

"그건 그렇지. 그래서 내가 이리도 전전긍긍하고 있는 것이고 말이지."

"하지만 플람베르 가문의 차남은 전혀 그렇지 않습니다. 자신이 결코 프라우디르 백인대장보다 뒤진다거나 능력이 떨어진다고 생각하고 있지 않습니다. 그리고 그는 야심만만한 인물입니다."

"실력만큼이나 야망이 대단한 자지."

"그렇습니다. 그리고 그에게 슬쩍 프라우디르 백인대장의 거취를 흘리는 겁니다."

"이미 알고 있을 텐데?"

"기회를 만들어줘야지요."

"기회를 만들어준다……."

"그를 전출시키면 됩니다."

"그거야 어렵지 않지. 한데 그래서 우리가 얻을 수 있는 것은?"

"그렇게 되면 현재 이 작전을 알고 있는 모든 이를 제거할 수 있고, 프라우디르 백인대장이 사라진 상황에서 차기 가주로 인정받게 될 젤루스 플람베르에게 빚을 지울 수 있습니다."

"빚을 지운다?"

"그렇습니다."

"프라우디르 백인대장을 버리고 플람베르 차기 후계에게 빚을 지운다라… 괜찮군. 하면 그를 어디로 전출시키면 좋을까?"

"그야 가장 험난한 곳이 좋지 않겠습니까? 실력 있는 기사들도 불과 몇 달을 버티지 못하는 알카트라즈 요새가 딱 좋을 듯싶습니다."

"그건 정말 좋은 안이로군. 그건 그렇고, 용병들은……."

"그들이야 간단합니다. 평소 탐욕스럽기 그지없는 용병 만인대장이야 금은보화를 잔뜩 안겨주면 입에 자물쇠를 채울 것입니다."

"그렇긴 하지. 그리고……."

"픽스틴 가문에 정보를 주면 그만입니다. 물론 생색을 낼 필요는 있습니다."

"당연히 그래야겠지. 아들의 생명을 앗아간 놈을 알려주는 데 말이지."

"이렇게 되면 책임은 면하고 오히려 그들에게 빚을 지울 수 있으니 일석이조라 할 수 있습니다."

"그렇군. 그러면 그대로 행하게."

"명!"

※   ※   ※

"이건 상황이 요상하게 돌아가네."

제라르는 진중의 상황을 살피며 진지한 표정으로 입을 열었다. 그에 얀센 역시 이런저런 소리를 들었는지 얼굴을 굳힌 채 고개를 끄덕였다. 아론 역시 고개를 끄덕였다. 일단은 얀센이 본대로 돌아가지 못하고 제라르와 함께 거의 격리되다시피 하고 있으니 말이다.

"일단은 기다려 봐야지."

"그야 뭐 둘째 형님 말이 맞긴 맞수만……."

"일어나지 않은 일로 걱정하는 것보다 멍청한 짓은 없어."

"알고는 있수만 자꾸 거슬리니 말이우."

"그렇기는 하군."

그들이 대화하는 동안 아론은 팔짱을 낀 채 그저 침묵할 뿐이었다.

일주일이 지난 지금껏 자신들에게 접촉해 온 이가 없었다. 심지어는 이번 작전에 대해 결과 보고조차 하지 않았다.

그리고 그때 그들의 그런 불안감을 알기라도 하듯 문이 열리며 한 사람이 모습을 드러냈다. 바로 만인대장 휘하에 있는 마우저 작전참모였다.

"잘 쉬었나?"

"뭐 그저 그렇수."

마우저 작전참모의 말에 제라르가 퉁명스럽게 답했다. 휴식이라는 명목하에 감금 아닌 감금을 당하고 있으니 당연한 반응이었다.

평소였다면 그런 제라르의 퉁명스러움에 인상을 찌푸렸을 마우저 작전참모였으나 오늘은 아니었다.

"뭐 어쩔 수 없지 않은가? 상부의 명령인데 말이야. 그건 그렇고."

그러면서 그들 앞에 세 개의 양피지를 툭 던지는 그였다. 세 사람은 재빠르게 양피지를 잡아챘다.

"뭐유?"

"보면 알 거야."

그에 세 사람은 동시에 양피지를 펼쳐보았다. 그러고는 놀란 눈으로 그를 바라봤다.

"축하하네."

"이게 축하할 일이유?"

"뭐 어쩌겠나?"

"이제는 딱딱하게 상관 대우할 필요 없겠군."

그에 조용하게 있던 아론이 입을 열었다.

아론의 말에 피식 웃으며 어깨를 으쓱해 보이는 작전참모였다.

"뭐 그렇지. 어차피 같은 용병인데 말이야."

"그건 그렇고, 내 전역 명령서를 왜 네가 전해주는 거지? 소속이 이쪽이 아닌 것으로 알고 있는데?"

"아! 뭐 기사 크라우프 경은 형식상 용병 만인대에 파견 근무를 하게 되었고, 복귀 없이 바로 전역 명령서가 하달되었소."

"허어."

"아! 그럼 잘들 가. 그동안의 일당은 아이언 상단의 어느 지부든지 찾아가서 그것을 보이면 내어줄 테니까 그 돈으로 잘 살아보라고."

그러면서 손을 흔들고 나가 버리는 마우저 작전참모. 세 사람은 그가 나간 이후로 한참 동안 전역 명령서를 만지작거렸다.

"이거 참 우습군."

"그러게 말이우."

아론의 말을 받는 제라르. 그것은 얀센 또한 마찬가지였다. 그 이후 셋은 다시 침묵에 잠겨들었다. 그러기를 한참, 마침내 아론의 입이 열렸다.

"각오 단단히 해야 할 것 같군."

"무슨 말이우?"

"잠시 생각을 해봤지."

"무슨 생각 말이우?"

"이번 작전에 대해서 말이야."

"그게 어쨌다는 거유?"

"이번 작전에 우리가 참여했다는 것을 아는 이가 있나?"

"그야……"

없었다. 자신들은 특무부대로 분류된 지 얼마 되지 않아 작전에 참여했으니 말이다.

"그게 무슨 상관이유?"

"왠지 느낌이 안 좋아."

"무슨 느낌이 말이우?"

"이번 작전에 우리가 참여한 것을 아는 이는 없지. 그리고 복귀하자마자 마치 기다렸다는 듯이 우리를 격리시켰고, 결국에는 전역 통보를 했지."

"그렇긴 하우만……."

"이상하지 않나?"

아론의 말에 제라르와 얀센 모두 고개를 끄덕였다. 그들은 본능적으로 깨달았다. 그들이 글을 제대로 모른다고 해서 상황을 읽지 못하는 것은 아니었다. 그들은 닳고 닳은 베테랑 용병이었다.

"혹시 이거……."

그때 얀센이 침중한 얼굴로 말했다. 뭔가 짚이는 것이 있다는 듯이 말이다.

"뭐가 짚이는 것이라도 있수?"

"작전 자체를 없던 일로 소멸시키려는 것이 아닐지……."

"그런… 경우도 있수?"

"많지."

"그런데 거기까지 들어가기에는 조금 그렇지 않수?"

"아니. 아니지. 충분히 가능해."

제라르와 얀센 둘의 대화를 말없이 듣고 있던 아론이 무언가 깨달은 듯 말했다.

"아무래도 얀센의 말이 맞을 듯하군."

"큰형님도 그 생각이우?"

"아직 확실하지는 않아. 다만 픽스틴 부관이 걸리는군."

"픽스틴 부관이라면……."

"엘리오스 가문을 지탱하는 네 개의 가문 중 첫 번째인 픽스틴 가문."

"허어~ 걸려도 오지게 걸렸구만."

아론의 말에 인상을 있는 대로 찌푸리는 제라르였다. 그제야 어느 정도 상황을 짐작한 얀센과 제라르였다.

"안에서 처리하기는 그렇고, 우리를 픽스틴 가문에 내줌으로써 명분과 실리를 둘 다 챙기려는 셈이로군."

"만인대장은 돈을 챙기고 말이우."

"그런 거지."

"허어~ 그럼 그놈들도 위험한 것 아니우? 어차피 지우려고 했으면 작전과 관련된 모든 사람을 지우려 들것 아니겠수."

"글쎄. 일단 브라이언이 알려준 곳으로 가봐야겠지."

"어여 갑시다."

제라르가 자리를 털고 일어났다. 하지만 아론은 그런 그를 말렸다.

"아니, 잠시만."

그에 멀뚱하게 아론을 바라보는 제라르. 하지만 아론의 시선은 제라르에게 향해 있지 않고 얀센에게로 향해 있었다.

"조금 더 상황을 알아볼 곳이 있나?"

아무래도 이런 쪽으로는 제라르보다 얀센이 나았다. 제라르를 무시하는 것이 아니라 용병과 기사의 차이라고 할 수 있었다. 기사라면 아무래도 조금 더 고급 정보를 다룰 수 있을 터였다.

"뭐 알고 있는 곳이 있긴 한데……."

"돈이 많이 들어도 상관없어."

"알았소. 갑시다."

"그래, 가지."

　　　　　*　　　　　*　　　　　*

"갔나?"

"갔습니다."

"후우~ 별 말썽 없이 나가서 그나마 다행이군."

"뭐 그들도 자신들이 별로 할 것이 없다는 것을 알 것입니다."

"그렇긴 하지만 작정하고 진상 떨자고 한다면야 이렇게 쉽지는 않겠지."

"뭐 그렇기도 합니다만 그나마 군 생활을 하며 그 정도의 돈을 챙겨 갈 수 있음을 다행이라고 생각했겠죠."

"그렇긴 한데 말이지, 어째 마음이 안 놓이는군."

"신경 쓰지 않아도 될 것입니다. 군문을 나서는 그 순간 그들은 우리와는 전혀 관계없는 사람이 될 뿐입니다."

"그래, 그래야겠지."

"그럼 쉬십시오."

제1용병 만인대장을 살살 달랜 작전참모가 막사를 벗어났다. 작전참모가 막사를 나가자 크랙 만인대장은 자신의 탁자 위에 올려 있는 석 장의 양피지를 집어 들었다.

화르르륵!

그리고 손에 마나를 불어넣어 양피지를 한 톨의 재도 남기지 않고 태워 버렸다.

"어쨌든 이제 모든 것이·끝났어."

그 말을 남기고 그는 의자에 상체를 깊숙이 묻고 눈을 감았다.

＊　　　＊　　　＊

"어떻게 되었나?"

"모든 것은 완벽합니다."

"욕심 많은 여우는 사령관 각하의 명령을 거절하지 않았고, 질투심 강한 젤루스는 사령관 각하에게 오히려 고맙다고 하며 언젠가는 반드시 이 은혜를 갚겠다고 했습니다."

"후우~ 이게 잘하는 짓인지 모르겠군."

"무슨 나약한 말씀이십니까? 이렇게 하지 않으면 오히려 사령관 각하께서 궁지에 몰릴 수도 있었습니다."

"그렇겠지?"

"플람베르 가문과 픽스틴 가문을 모르시는 것입니까? 플람베르 가문도 플람베르 가문이지만 픽스틴 가문은 그 뿌리 자체가 군문입니다."

"그래, 내가 잠시 안일한 생각을 했군. 하고……."

"그들에 대한 자료는 모두 일소시켰습니다."

"되었군. 수고했네. 가서 쉬게."

"명!"

작전참모와 정보참모가 물러가자 가이트란 후작은 피곤한 듯 의자에 머리를 기대며 천장을 바라보았다. 그러다 문득 입꼬리를 말아 올렸다.

"뭐 전장에서 죽는 자가 어디 한둘이던가?"

*   *   *

"오늘은 여기서 쉬어가도록 하지."

그러는 동안 아론 일행은 말을 몰아 군부대를 벗어났다. 무언가 께름칙함을 느끼기는 했지만 아직 확인할 수는 없었기에 나름 불안한 중에 유유자적하게 말을 몰아 작전 지역 근처의 여관에 들어갔다.

그들이 전역 명령을 받은 것이 해가 저물 즈음이었으니 그들이 위수 지역(외출 및 외박 허용 지역)을 벗어나지 못한 것은 당연했다. 아니, 위수 지역에 있는 여관에 도착한 것만으로도 참으로 다행이었다. 아니었으면 전역하자마자 노숙을 해야 할 판이었으니 말이다.

끼이익!

"주인장 계슈!"

아론의 말에 제라르의 얼굴에 화색이 돌며 간판도 없는 허름한 여관 문을 열고 안으로 들어가며 외쳤다.

"어이쿠! 역전의 용사님들이시구만."

역시 위수 지역에서 장사하는 이들이라서 그런지 용병들에게 상당히 호의적이었다. 물론 술 처먹고 지랄하고, 돈 없어서 강짜 놓고, 심심해서 시비를 걸기도 하지만 그래도 그런 용병들 덕분에 먹고사는 이들인지라 속은 어떠할지 모르나 겉으로는 친절하기 그지없었다.

그들이 들어선 식당의 홀에는 용병들이 가득했다. 허름하지만 몇 개 없는 여관이었기에 잠깐 외박을 나온 용병들이나 혹은 휴가를 받은 용병들이 삼삼오오 모여 식사를 하거나 술을 마시고 있었다.

아주 잠깐 여관 내에 들어서는 세 사람을 주시하는 눈초리
가 느껴졌으나 이내 관심을 거두고 눈을 돌렸다.

"숙박."

"숙박만 할 거유?"

"목욕도."

"그럼 두당 5실버만 내슈."

"어허, 이거 왜 이래? 언제부터 두당 5실버가 됐어?"

제라르가 당치도 않다는 듯이 말하자 슬쩍 그의 안색을 살
펴보고 뒤의 아론과 기사 복장의 얀센을 보더니 이내 입맛을
쩝 다시며 다시 말했다.

"큼. 두당 3실버 5브론즈요."

절대 눈탱이 쳐도 될 만한 용병들이 아님을 알고 바로 가격
을 낮추는 여관 주인이다. 그에 진즉 그럴 것이지 하는 표정
으로 제라르가 10실버 5브론즈를 지불하자 입맛을 다시며 주
인이 방 열쇠 세 개를 던졌다.

"옜소!"

여관 주인이 던진 세 개의 방 열쇠를 한꺼번에 낚아챈 제라
르가 어깨를 쫙 펴며 안으로 걸어갔다.

비록 여관비 정도이기는 하지만 두 형님에게 만족할 만한
성과를 보였다는 점에서 스스로 기특했던 것일 게다. 그런 제

라르를 향해 여관 주인이 물었다.

"식사부터?"

그에 제라르가 뒤를 돌아보며 물었다.

"어쩔 거유?"

"식사부터 하지."

"그러고 보니 오늘 하루 종일 아무것도 안 먹었네."

아론의 말에 동조하는 얀센. 그에 제라르는 용병들과 여행자, 혹은 상인으로 가득 찬 홀을 바라보더니 이내 구석 쪽에 비어 있는 자리를 발견하고 재빨리 걸음을 옮겼다. 이런 곳은 차례고 뭐고 없었다. 먼저 엉덩이 걸치는 놈이 임자였다.

제라르가 재빠르게 움직여 비어 있는 자리에 앉으려는 순간 발 하나가 의자에 걸쳐졌다. 그에 제라르가 발을 걸친 자를 바라봤다.

"뭐냐?"

"크큭. 뭐긴, 거긴 내 자리라는 거지."

슬쩍 보니 명백하게 시비를 거는 것이었다. 그에 시끌벅적하던 홀이 순식간에 조용해지며 그 둘의 대치 상황을 지켜보았다.

이런 홀이 있는 여관에서는 종종 있는 구경거리였다. 예의 제라르를 바라보는 용병과 그 일행은 무언가를 기대하는 듯한 눈초리였다.

"하아~ 이 새끼들이 정말."

"킥킥! 야리야리하게 생긴 놈이 말이 좀 거치네?"

그러면서 시비를 걸던 용병이 몸을 일으켜 세웠다. 큰 키에 며칠을 씻지 않았는지 먼지가 덕지덕지 묻어 있고, 민머리에 누렇게 썩은 이빨이 제멋대로인 모습이 보기에도 덩치만 믿고 까부는 용병처럼 보였다.

제라르의 신장도 그리 작지 않은 편인데 일어선 민머리는 그보다 머리 하나는 더 커 보였다. 그리고 그 일행은 어느새 제각각 무기를 슬쩍 드러내며 위협하고 있었다.

"하아~ 정말 오늘은 기분도 좋은데 그냥 넘어가면 안 되겠냐?"

제라르가 고개를 저으며 말했다. 그에 민머리는 무엇이 그리 우스운지 히죽 웃으며 제라르의 눈앞에서 트림을 해 보이며 말했다.

"내 엉덩이를 빤다면 자리를 양보해 줄 용의도 있지."

"하~ 니미, 오늘은 사고 안 치려고 했는데 말이지."

"하! 새끼, 귀엽게 노는… 컥!"

하지만 민머리는 제대로 말을 끝내지 못했다. 어느새 제라르가 민머리의 목을 잡고 들어 올렸기 때문이다. 순간 민머리는 그의 손아귀에서 벗어나기 위해 발악했지만 그런 발악에 손을 놓칠 제라르가 아니었다.

"이 새끼가!"

그에 민머리의 동료들이 화들짝 놀라 각자의 무기를 들고 일어나려는 찰나였다.

타다다닥!

그들의 탁자 앞으로 무언가 날아와 박혔다. 그에 용병들은 엉거주춤하게 멈춰 설 수밖에 없었다. 자신들의 탁자 위에 박힌 것은 어느새 빼 들었는지 모를, 자신들이 음식을 자르고 있는 나이프와 똑같은 모양의 뭉툭한 나이프가 박혀 있었다.

"새끼들아, 시비도 사람 봐가면서 털어."

"그······."

민머리와 같은 탁자에서 식사를 하고 있던 용병들은 서로 눈치만 보면서 엉거주춤 서 있을 뿐이다. 그러다 그중 온통 털로 뒤덮인 자가 슬쩍 제라르의 손아귀에 매달려 발버둥치고 있는 민머리를 외면하면서 자리에 앉자 나머지 용병들도 그를 외면하며 자리에 앉았다.

"새끼들, 진즉 그럴 것이지."

제라르가 민머리를 그대로 바닥으로 내려쳤다.

콰드드득! 쩌억!

"껵!"

바닥이 깨지는 것 같은 소리가 흘러나오며 민머리는 짧은 비명을 토해내며 기절했다. 제라르는 그런 민머리를 발로 스옥 밀어 통로를 열었다. 그때 아론과 얀센이 그의 곁을 스쳐 지나 자리에 앉으며 말했다.

"살살하지."

"에이, 큰형님도 아시면서. 이것들은 살살하면 기어오른다니 까요."

"좀 멀리 치워라."

그에 얀센이 심드렁하게 말하자 제라르가 기절한 민머리를 발목을 잡아 질질 끌고 홀을 나갔다.

그의 앞을 막아서는 자는 그 아무도 없었다. 이미 식사나 술을 하고 있던 용병들이나 상인, 혹은 여행자들은 볼 것 다 봤다는 듯 제 할 일을 하고 있었다.

다시 시끌벅적해진 홀. 끌려 나가는 민머리에게는 그 누구 도 신경 쓰지 않았다.

"가는 김에 주문도 하고."

"알았수."

제라르는 민머리를 홀 밖으로 집어 던지고는 여관 주인에게 주문을 넣었다. 그리고 제라르가 자리에 앉자 얼마 지나지 않 아 그가 주문한 음식이 나왔다. 별다른 것은 없었다. 향신료 는 생각할 수도 없는 두툼한 스테이크와 그것보다 두 배는 될 법한 질긴 빵과 수프가 전부였다.

향기는 좋았다. 그에 제라르는 두 손을 비비며 밝은 표정을 지어 보였다. 그전에 아론은 이미 한 점 베어 물고 있었다. 그 순간 아론의 얼굴이 살짝 찡그려졌다. 그리고 슬쩍 탁자를 두드렸다.

막 자른 스테이크를 입으로 가져가려던 얀센과 제라르의 동작이 느려지며 아론을 바라봤다.

아론은 고기를 뱉지 않고 삼키며 마치 돌을 연상시키는 빵을 주욱 찢어 수프에 찍어 입에 넣고 우물거리며 고개를 끄덕였다.

그에 그 둘은 자른 스테이크를 두고 일명 돌멩이라 불리는 빵을 주욱 찢어 수프에 찍어 먹었다. 셋은 말없이 빵에 수프를 찍어 먹을 뿐이었다. 그것도 아주 느릿하게 꼭꼭 씹어서. 누가 보면 마치 성스러운 의식이라도 취하는 것 같은 모습이다.

질긴 빵을 다 먹어갈 즈음 아론이 입을 열었다.

"제라르, 가서 물 좀 가져와라."

"아! 그러고 보니 물이 없군. 그런데 물로 되겠수? 시원하게 한 잔 들이켜야지."

"내일 일이 있으니 물이면 된다."

"끙. 알겠수."

"식당 밖의 물이 맛있어 보이더군."

"뭐, 그럽시다."

보통 여관 주인에게 달라고 하는 것이 다반사였으나 굳이 아론은 식당 밖의 우물물을 원했다. 제라르는 마뜩잖다는 표정을 지었지만 순순히 그의 말을 따랐다.

제라르는 나무 컵을 들고 밖에 나가 우물물을 떠 왔다.

"물 참 시원합디다."

"그래? 나도 한 잔 해야겠군."

그러면서 제라르가 떠온 물을 벌컥벌컥 마시는 얀센. 그때 물을 조금 마신 아론이 스테이크를 썰기 시작했다. 그에 얀센과 제라르도 스테이크를 썰었다. 마침내 식사를 다 한 후 자리에서 일어나 지정된 방으로 향했다.

"쉬어라."

"쉬슈."

간단하게 말을 하고 각자의 방으로 들어서는 세 사람. 그런 그들을 바라보는 여관 주인의 눈빛이 날카로웠다.

하지만 전혀 내색은 하지 않고 있었고, 그런 여관 주인은 홀 안에서 제멋대로 떠들면서 식사를 하거나 술을 마시는 몇몇과 시선을 부딪쳤다.

하지만 그 누구도 그런 여관 주인과 용병들을 눈에 담지 않고 있었다. 그들은 그저 먹고 마시는 데 집중하고 있을 뿐이었다. 그렇게 시간이 지나 자정을 넘어갈 즈음, 어느새 여관의 홀은 텅 비어 있었다.

몇몇 술을 이기지 못한 용병들이 제멋대로 구르는 술잔과 함께 탁자에 곯아떨어진 것을 빼고는 정적이 감도는 여관.

여관 주인은 고개를 저으며 낡은 여관 문의 걸쇠를 걸어 잠갔다.

탁!

나직한 소리가 여관을 울렸다. 그리고 여관 주인은 입김을 불어 홀의 촛불을 끄기 시작했다.

여관이 완전히 어둠에 잠길 즈음, 여관 주인의 등 뒤로 일단의 무리가 모습을 드러냈는데 모두 복면을 한 채였다.

"별채 101, 102, 103호."

나직한 자세히 귀를 기울이지 않으면 절대 들을 수 없는 음울한 목소리가 흘러나왔음에도 복면인들은 마치 당연하다는 듯이 한순간 어둠 속으로 사라졌다.

서걱!

그리고 여관 주인의 목이 잘려 나갔다.

툭!

여관 주인의 목이 바닥에 떨어졌을 즈음 그 자리에 남아 있는 복면인은 아무도 없었다. 오늘따라 달은 없었고, 허름한 본채와는 떨어진 별채에는 아무도 숙박을 하지 않았다.

지극한 어둠 속에서 어둠과 동화된 흑의복면인들이 모습을 드러냈고, 조심스럽게 여관 주인이 알려준 방 호실을 확인했다.

스르르륵!

어떤 소리도 내지 않고 지극히 조심스럽게 열리는 방문. 복면인은 방 안, 특히 침대를 유심히 살폈다. 침대에는 한 명의 용병이 이불을 푹 뒤집어쓴 채 세상모르고 잠들어 있었다.

그에 방 안의 상황을 살핀 복면인이 고개를 끄덕이자 다른 복면인이 옆방을 살폈다. 모두가 확인했다는 듯이 고개를 끄덕였다.

그에 103호 앞에 있던 복면인이 손을 들어 올렸다. 그와 동시에 빠르게 방 안으로 치고 들어가는 서너 명의 복면인.

하나.

콰직! 콰지지직! 콰앙!

문이 부서지면서 치고 들어간 복면인들이 피를 뿜으며 튕겨 나왔다. 그에 밖에서 대기하던 복면인들이 화들짝 놀라 빠르게 뒤로 물러나며 전투태세를 갖췄다. 몇 명은 튕겨 나온 복면인의 목에 손을 대어보았으나 이내 고개를 저었다.

그때 부서진 세 개의 방에서 세 사람이 걸어 나오고 있었다. 101호에서는 양손대검을 쌍검처럼 좌우로 늘어뜨린 제라르가, 중앙에서는 보기에도 섬뜩한 할버드를 비껴 든 얀센이, 그리고 103호에서는 보통의 글레이브보다 훨씬 길면서 특이한 모양을 한 글레이브를 비껴 든 아론이 모습을 드러냈다.

"으음."

그에 복면인들은 신음성을 흘렸다.

"기다리고 있었나?"

"피 냄새가 나는 것을 보니 여관 주인은 죽은 것 같군. 인기척이 없으니 그 많은 용병과 상인, 여행자들은 모두 사라졌고 말이야."

담담한 아론의 말에 복면인들은 놀랄 수밖에 없었다. 단번에 이곳이 자신들을 낚기 위한 함정이라는 것을 알아차린 것이다.

"어떻게 알았지? 빈틈은 없었는데?"

"음식."

아론의 말에 다시 한 번 침음성을 흘리는 복면인이었다. 독은 한 곳에 들어 있지 않았다. 주문한 모든 음식에 각기 다른 독이 들어 있었고, 그 세 가지의 독이 함께해야만 효과를 볼 수 있었다.

아무리 물을 마신다 해도 절대 독이 융합하는 것을 막거나 해독할 수는 없었다. 그런데 이들은 멀쩡했다.

"설마 그 물……."

"이제 알았나 보군."

그제야 생각이 났다. 밖에서 가지고 들어온 물속에 해독약을 섞어 넣었던 것이다. 너무나도 자연스러운 그들의 행동에 일말의 의심도 가지지 않았다.

결국 자신들이 함정을 판 것이 아니라 이들이 함정을 파고 기다리고 있었던 것이다.

"그렇다 해도 변하는 것은 없다."

복면인은 주변의 복면인에게 신호를 보내 포위망을 좁혀갔다. 포위망을 좁혀오는 복면인을 보며 제라르와 얀센이 희게 웃었다.

"형님은 쉬고 계시오."

"그러슈. 닭 잡는 데 소 잡는 칼을 쓸 필요는 없잖수."

"그런가?"

얀센과 제라르가 한마디씩 하며 앞으로 나서자 아론은 기형의 글레이브를 등 뒤로 두른 채 팔짱을 끼고 벽에 등을 기댔다. 마치 어떤 상황이 벌어지더라도 관여하지 않겠다는 듯이 말이다.

그런 그들의 태연한 태도에 복면인의 눈동자에 싸늘한 분노가 떠올랐다.

"감히……"

그런 복면인을 보며 씨익 미소를 떠올리는 제라르와 얀센.

"감히는 무슨, 준비됐으면 와봐."

제라르는 여전히 두 개의 대검을 좌우로 늘어뜨리고 있고, 얀센은 비스듬하게 몸을 틀어 할버드를 들어 복면인을 가리켰다.

"쳐라!"

"죽여!"

그에 어둠 속에서 은신하고 있던 복면인들까지 모습을 드러내 그들을 공격해 들어가기 시작했다.

얀센과 제라르 중 먼저 움직인 것은 역시 제라르였다. 그는 양손대검을 마치 장검이나 되는 양 빠르게 회전시키면서 휘둘렀다.

콰콰콰쾅!

땅이 파이면서 깊은 고랑을 만들었다. 복면인들 역시 그의 검격을 경시하지 못하고 무기를 날렸다.

그들의 검은 특이했는데, 반월형의 칼 중심에 쇠사슬이 달려 있어 원거리에서 공격이 가능하게 되어 있었다.

그들은 그 쇠사슬이 달린 반월형 칼을 집어 던져 제라르의 전신 요혈을 노렸다. 근접한다면 공격할 방향은 겨우 네 곳이지만 원거리에서 무기를 던진다면 공격할 수 있는 곳은 수십 곳으로 늘어난다.

하지만 제라르는 자신을 향해 날아오는 수십 자루의 반월형 칼을 보고도 전혀 주눅 들지 않았다. 아니, 오히려 눈을 반짝이며 진득한 살소를 머금었다.

따다다다당! 파사사삭!

수십 자루의 반월형 칼과 제라르의 쌍수대검이 부딪치며

불똥이 튀었고, 그 순간 쌍수대검에 부딪친 반월형 칼은 조각 나고 부서져 먼지가 되어 사라져 버렸다.

"이런……."

"무슨……."

경악하는 복면인들. 하나 그 순간이 그들에게는 마지막이었 다. 어느새 그들의 중심으로 파고든 제라르의 쌍수대검이 번 쩍이며 춤을 췄다.

"큭!"

수십 마디의 간헐적인 비명이 터졌다. 비단 제라르가 뛰어 든 곳만이 아니었다.

콰차자자장!

"케엑!"

"끄윽!"

"……."

복면인들은 훈련받은 암살자들이었다. 그들은 죽는 그 순 간에도 비명을 지르지 않도록 훈련받아 왔다. 하나 얀센과 부 딪친 복면인들은 억눌린 비명을 지르지 않을 수 없었다. 마치 거대한 산악이 한꺼번에 자신을 짓누르는 것 같았기 때문이 다.

할버드의 블레이드로 베고, 창으로 찌르고, 병기를 걸어 끌 어당겨 뼈를 부수고 살을 발라냈다.

얀센이 싸우는 방식은 잔인 그 자체였다. 생긴 것과 다르게 제라르는 깔끔하게 적을 죽이는 반면 얀센은 말 그대로 파괴하고 있었다.

이미 이들은 회색의 숲에서 회색 오크와 생사의 결전을 한 이후이다. 그리고 하급의 실력에서 벽을 깨고 중급으로 접어들고 있었고, 마나의 운용에 있어서 마법사들보다 더 정교하게 다룰 수 있었다.

딱 필요한 그 순간만 마나를 사용했다. 그러하니 마나의 소모가 그 어느 때보다 적었고, 이 상태라면 한 시간이고 두 시간이고 끝없이 복면인들과 싸울 수 있었다. 복면인들은 그들을 너무 얕잡아봤다.

그들이 가진 정보는 단지 이들이 회색의 숲에 들어가기 전의 정보뿐이었다. 그리고 그것을 증명이라도 하듯이 10분도 되지 않아 별채의 마당에는 복면인들의 식지 않은 피가 흘러내리고 있었다.

콰직!

"끄륵!"

마지막으로 얀센의 발이 숨이 붙어 있는 복면인의 머리를 짓밟아 터뜨려 버렸다.

"어, 어떻게……"

남은 복면인은 단 한 명. 바로 복면인들을 지휘하던 자뿐이었다. 그는 정신을 차릴 새도 없이 죽어 나간 자신의 수하들을 보며 경악해 찢어질 듯 눈을 부릅떴다. 믿을 수 없었다.

정보에 의하면 이들은 겨우 하급의 용병과 기사일 뿐이었다. 그런데 수십에 달하는 자신의 수하가 제대로 손도 써보지 못하고 죽었다. 단단하기 그지없는 병기는 젤리처럼 으깨져 사방에 널브러졌고 말이다.

주춤!

복면인이 주춤거리며 뒤로 물러났다.

"더 이상 움직이면 목숨을 장담할 수 없는데……."

호흡조차 흐트러지지 않은 얀센이 할버드의 도끼날을 손가락으로 훑어 내리며 말했다.

그제야 벽에 등을 기대고 편하게 상황을 지켜보던 아론이 팔짱을 풀고 앞으로 나섰다.

"누구지?"

"……."

"말할 생각이 없나 보군."

"그게 암살자 아니겠수?"

"표식을 보니 붉은 달이라는 암살 조직인가 봅니다."

"붉은 달이라……."

그들의 대화를 듣던 도중 복면인은 어금니에 교묘하게 감춰진 독단을 깨물었다.

"커억! 끄륵!"

독이 목을 타고 넘어가는 그 순간 복면인이 녹아내리기 시작했다. 그런 복면인을 보며 혀를 차는 아론.

"쯧. 이래서 암살자들이 싫어."

"어쨌든 오늘 자기는 글렀는데 어떡할 거유?"

제라르가 물었다.

"붉은 달의 본부를 찾을 수 있을까?"

"아마 어려울 겁니다. 다만 지부는 이 근처에 하나 있다고 들었소."

녹아내리는 복면인을 보며 혀를 차는 아론의 말에 얀센이 답했다.

"근처에 지부가 있다고? 그렇게 허술한가?"

"그야 뭐……."

어깨를 으쓱해 보이며 웃는 얀센에 아론은 얀센이 무슨 말을 하는지 즉시 알 수 있었다. 아마도 그가 알고 싶어서 아는 것이 아니었을 것이다.

얀센은 기사이다. 기사가 접할 수 있는 정보가 있고 용병들이 접할 수 있는 정보가 있다.

그리고 기사가 접하는 정보는 하잘것없는 일개 용병 부조장이 접할 수 있는 정보보다 비교할 수 없을 정도로 고급 정보였다.

"어딘지 알고 있나?"

"한 번 심부름 간 적이 있소."

"가지."

CHAPTER 3
용병들의 마을

"어쩌려고 그러시우?"

제라르가 물었다.

"고민이 되기는 하는군."

나직하게 말하는 아론의 말을 못 알아들을 리 없는 제라르
와 얀센이다.

"그들과 대적할 생각이오?"

얀센이 근심 어린 얼굴로 물었다. 그에 그를 슬쩍 바라본
아론의 입에서 나직한 소리가 흘러나왔다.

"어차피 그들의 표적이 된 순간 벗어날 길은 없지 않나?"

"그건 당연하겠지만 쉽지 않을 것이오."

"에헤이, 작은 형님, 덩치에 안 맞게 왜 그러쇼."

얀센을 툭툭 치며 제라르가 말했다. 하지만 여전히 얀센의 표정은 굳어 있었다.

"붉은 달은 그리 만만한 조직이 아니다."

무거운 그의 말에 제라르 역시 살짝 얼굴이 굳어졌다. 그저 그런 어중이떠중이의 암살 조직이 아닌 모양이다.

하급에서 중급으로 올라선 지금 자신감이 하늘을 찌를 정도의 얀센이 이 정도로 신중한 모습을 보인다는 것이 바로 그것을 방증했다.

"그 정도요?"

"너도 들었겠지? 어둠을 지배하는 세 개의 세력이 있다는 것을 말이다."

"그야 검은 그림자, 까마귀, 그리고 붉은 달."

그랬다. 붉은 달은 어둠을 지배하는 세 개의 세력 중 하나였다. 그제야 제라르는 현재 상황이 상당히 심각하다는 것을 깨달았다.

"이것들이 정말 붉은 달인 거요? 붉은 달이라는 암살 조직이 한두 곳도 아니고 어떻게 확신하는 거요?"

"그럴 수도 있겠지. 하지만 붉은 달은 그들만의 독특한 확인 방법이 있다. 바로 이거다."

그러면서 죽은 자들의 흑의를 할버드 끝으로 슬쩍 치웠다. 그러자 드러난 죽은 암살자들의 가슴 어림에 선명하게 붉은 달이 그려져 있다. 자연적으로 생겼다고 보기에는 어려웠다.

"크흠. 붉은 달."

"이제 인정하겠지?"

"뭐 그야……."

그러면서 아론을 바라보는 제라르. 어떻게 할 것인지 물어보는 것이다.

"굳이 찾아갈 필요는 없지. 그쪽에서 찾아올 테니까."

"포기를 모르는 놈들이라면 당연한 일이오."

"일단 이대로 쉬기는 힘드니 그들을 찾으러 가지."

"그들? 누구 말이우?"

"동료들."

"아!"

아론의 말에 희색이 만연해지는 제라르였다. 잊은 줄 알았다. 그들은 자신과 생사를 같이한 부하들이다. 회색의 숲에 가기 전에 그들에게 적당한 장소에 숨어 힘을 기르고 있으라 했지만 솔직히 불안했다.

그들은 아직 익스퍼트가 아니기 때문이다. 용병들이나 기사들의 눈을 피할 수 있을지도 의문이고, 욕심에 눈이 먼 용병 만인대장에 의해 어찌 되지 않았을까 걱정이 되었다. 하지만 함부로 말할 수는 없었다.

어떻게 보면 아론과는 그다지 큰 관계가 없었으니까 말이다.

"그들과 연락은?"

"이미 연락을 취하긴 했습니다."

"답신은 왔나?"

"그게… 조금 불안하긴 합니다."

"회색의 숲에서 꽤 시간을 보냈다고는 하지만 그들 입장에서는 실력을 상승시키기에 짧은 시간이었을 테니 말이우."

"그렇기는 하지. 일단 그들을 찾는다."

"고맙수."

그들은 바로 출발하기 위해 마구간으로 갔다.

"이런!"

"독한 놈들!"

하지만 그들은 망연자실할 수밖에 없었다. 마구간에 있는 말의 목이 모두 베어진 상태였다. 혹시 모를 도주 경로를 차단한 것이다.

"쯧! 어쩔 수 없군."

"거 참."

그들은 떨떠름한 얼굴이 되었다. 이동 수단이 없으니 도보로 이동해야 했기 때문이다.

"가지."

하지만 아론은 망설이지 않았다. 그에 제라르와 얀센 역시 곧바로 아론을 따라나섰다. 일단은 이곳을 벗어날 필요가 있었다. 그들은 어둠 속을 달려 나갔다.

"숨을 가늘고 길게 내쉬어라."

"후우웁!"

"가슴으로 숨을 쉬지 말고 마나 홀에 집중해라. 그리고 한꺼번에 폭발시키지 말고 가늘고 길게 끊임없이 마나를 흘려보내라."

아론은 그들과 움직이면서 나직하게 중얼거렸다. 작은 속삭임이었지만 제라르와 얀센에게 정확하게 전달되었다.

둘은 아론의 말을 따르려 노력했다. 자리에 앉아서 아론이 알려준 대로 숨을 쉰다면 가능할지도 모르겠다.

한데 지금은 앉아 있는 것도 아니고 걷는 것도 아닌 뛰고 있었다. 심장이 미칠 듯이 뛰기 시작했고 숨은 목젖까지 차올랐다. 하지만 참았다. 이를 악물고 참아냈다. 그러자 점차 호흡이 안정되기 시작했다.

마치 죽을 것 같은 그 순간 마나 홀에 있던 마나가 풀려 나오며 전신에 활력과 산소를 공급했다. 미친 듯이 펄떡이던 심장이 진정되었고, 풀려가던 두 다리는 단단하게 전신을 받치며 힘을 더했다.

"마나를 전신 혈관으로 보내라. 막힌 곳이 있다면 돌지 말고 부딪쳐 깨뜨려라."

아론의 가르침은 결코 중단되지 않았다. 하나를 적응할 때쯤 또 다른 단서를 주었다. 그에 또다시 헐떡이며 다리를 움직이는 두 사람이었다.

달리면서 호흡을 가다듬고, 아론의 말을 듣고 그대로 몸에 각인시키는 것은 정말 힘들었다. 아니, 보통이라면 절대 할 수 없는 일이었다. 하지만 지금은 가능했다. 중급으로 오르면서 확장된 마나 홀을 가득 채웠으나 녹아내리지 못한 마나가 서서히 녹아내리고 있었다.

뚫리지 않던 혈관이 뚫리기 시작했으며, 거대한 벽처럼 마나의 흐름을 저해하던 단단한 암석이 마나의 흐름에 녹아내리며 혈관을 넓혔다. 눈이 밝아지고 호흡이 잔잔해졌으며, 전신은 전투를 하기 위한 최적의 상태로 만들어지기 시작했다.

그들은 그렇게 움직였다. 그들이 쉬는 시간이란 끼니를 때우고 잠을 잘 때뿐이었다. 그 이외에는 수련을 멈추지 않았다.

그러기를 삼 일. 그들은 마침내 제라르가 알려준 장소에 도착할 수 있었다.

비록 삼 일이었지만 제라르와 얀센은 이미 중급의 마나를 완숙에 가깝게 다룰 수 있게 되었다. 어쩌면 그들이 마나를 컨트롤하는 실력은 마법사만큼이나 훌륭할지도 몰랐다.

"바로 저곳이우."

"우든이로군."

아론은 바로 알아볼 수 있었다. 20년이 넘는 군 생활 동안 북부 방면군이 담당한 전선 중 동부군의 작전 지역은 전방이든 후방이든 거의 모든 지역에서 전투를 치러봤으니까 말이다. 거의 손바닥 보듯이 꿰고 있다고 해도 과언은 아니었다.

그중 지금 제라르가 이끈 우든 지역은 다수의 용병들이 집단 거주하는 지역이었다. 웬만한 담력을 가진 자는 이곳에 들어오기를 꺼릴 정도로 말이다. 용병이 집단 거주한다는 것은 그만큼 거칠다는 말이 된다.

물론 용병들만의 마을이 이곳에만 있는 것은 아니었다. 대표적으로 몇 개의 마을이 있었는데, 이종족 용병들이 모여 만든 쿠테란 마을, 그리고 온갖 패악한 짓을 저지르며 무늬만 용병인 데드 블러드 용병대가 만든 토툰 마을, 그리고 마지막으로 전직, 혹은 퇴역한 용병들이 만든 우든 마을이 있었다.

언뜻 보면 우든 마을은 그리 큰 힘을 쓰지 못할 것 같으나 세 용병 마을 중 가장 큰 세력을 가지고 있어 용병 만인대장이나 동부군 사령관조차 함부로 할 수 없을 정도로 대단한 마을이라 할 수 있었다.

"은신처로는 잘 선택했군."

"형님만큼은 아니지만 브라이언도 상당한 경력을 지닌 용병이우."

"확실히 노련하군."

그들이 우든 마을에 도착한 그 시각, 우든 마을의 촌장은 자택에서 누군가를 만나고 있었다.

"붉은 달이라……. 내 생전에 붉은 달의 방문을 받을 줄은 몰랐군."

"그런가?"

흑의복면인의 입에서 철판을 손가락으로 긁는 듯한 소리가 흘러나왔다 하지만 우든 마을의 촌장은 별로 신경 쓰지 않는다는 듯이 이종족에게서나 볼 수 있을 법한 긴 대나무 담뱃대를 툭툭 두드리고 있었다.

말할 것이 있으면 말해보라는 태도이다.

"세 사람을 찾고 있다."

"세 사람이라……. 용병인가?"

"그렇지."

"용병이라면 어렵겠군."

"한 명은 기사고."

"그럼 두 명의 용병과 한 명의 기사가 되나?"

"엄격히 따지면."

"용병은 안 돼."

그에 흑의복면인이 무언가를 촌장의 앞으로 내밀었다. 그에 촌장은 살짝 눈을 내려 물건을 내려다보며 물었다.

"뭔가?"

"최근 토툰 마을의 데드 블러드 용병대와 결탁한 자가 있는 것으로 아는데?"

"그게 이것과 무슨 상관이지?"

"내가 도움을 줄 수 있을 것 같아서 말이지."

꿈틀.

그에 촌장의 눈썹이 지렁이처럼 움직였다. 그러고는 옅은 미소를 베어 물었다.

"그 정도쯤은 혼자서도 충분하지."

"그런가? 하지만 손에 피를 묻히는 것이 별로 달갑지는 않을 텐데?"

딱! 따악!

돌로 만든 재떨이를 장죽으로 툭툭 두드리는 촌장. 그러다 장죽을 입에 대고 뻑뻑 빨아댔다. 그의 입과 코를 통해 매캐한 연기가 솟아올랐다. 고민하는 것이다.

기실 그는 상당한 고민을 하고 있었다.

우든 마을의 현직 용병 수는 이미 오천을 넘어가고 이었다. 마을이라고 하기에는 너무 비대해진 상태. 그리고 그런 용병들을 대상으로 장사를 하며 먹고사는 퇴역한 용병들이 2만을 넘어서고 있었다.

성벽이 없고 지위만 없을 뿐 우든 마을은 이미 마을의 범주를 넘어서고 있었다. 그런 만큼 촌장의 권력은 상당했다. 조그만 영지의 영주보다 더 대단했다. 권력이 생김에 당연히 다툼이 일어날 수밖에 없다. 그리고 최근 들어 그 다툼이 현실화되고 있었다.

바로 용병은 용병다워야 용병이라 할 수 있다는 생각을 하는 자신과는 달리 용병 역시 힘과 실력이 있으면 귀족이 될 수 있고 세력화시켜야 한다는 야망을 품은 부촌장과의 대립이 심화된 것이다.

물론 그런 야심이 나쁘다는 것은 아니다.

문제는 그 방법에 있었다. 부촌장으로 있는 기드빈은 자신과 같은 상급의 실력자이다. 거기에 자신의 야심을 위해 동부군 사령관과 긴밀한 관계를 맺고 있으며, 그의 몇 가지 부탁을 데드 블러드와 손잡고 해결한 전적이 있었다.

그 와중에 그는 묻히지 않아야 할 피를 손에 묻혔고, 수단과 방법을 가리지 않고 목적을 달성함으로써 차기 촌장으로 점찍고 있던 촌장과 대립각을 세우고 있던 것이다.

"그래도 안 되는 것은 안 되는 것이지."

"그런가? 아쉽군."

하나 복면인의 목소리는 전혀 아쉬움이 깃들어 있지 않았다. 아니, 이런 대답이 나올 줄 알았다는 듯한 모습이다.

"인연은 여기까지인가 보군."

"글쎄. 그것은 두고 봐야 알 일이지."

"더 이상 나눌 이야기는 없을 것 같군."

"그런 것 같군."

그러면서 미련 없이 자리에서 일어서는 흑의복면인.

그런 흑의복면인의 등을 보며 카스트로 촌장이 입을 열었다.

"경고하건대 우든 마을에서 용병을 어찌할 생각은 버리는 것이 좋을 거야."

"······."

하지만 답은 들을 수 없었다. 어느새 흑의복면인이 사라졌기 때문이다. 그에 카스트로 촌장은 10년은 더 늙어 보이는 표정으로 길게 한숨을 내쉬었다.

"후우~ 어쩌자고······. 밖에 있는가?"

"예."

그의 부름에 날렵한 모습의 한 사내가 문을 열고 들어섰다.

용병이라고 보기에는 너무나도 호리호리한 모습을 한 이였다.

그의 이름은 체바로.

우든 마을을 세 용병 마을 중 가장 큰 세력으로 만든 장본

인으로 그 누구도 함부로 무시하지 못하는 존재였다.

그리고 결정적으로 체바로는 카스트로 촌장의 양자였다. 한마디로 지금 우든 마을에서 가장 권력이 강한 사람 중 한 명이 바로 카스트로 촌장의 눈앞에 있는 체바로였다.

"부르셨습니까."

"그래, 다 들었더냐?"

"들었습니다."

"어떻게 생각하느냐?"

"아마도 부촌장에게로 갈 것입니다."

"그렇겠지. 부촌장에게 다시 미끼를 던지겠지."

"그럴 것입니다."

"너는 내가 어떻게 해야 한다고 보느냐?"

"그들을 보호해야 합니다."

"그들을 보호하라는 말인즉슨……."

카스트로 촌장의 얼굴이 잘게 떨렸다. 체바로의 말이 무슨 말인지 이해했기 때문이다.

"꼭 그래야만 하겠느냐?"

"그것은 쉬운 일도 어려운 일도 아닙니다. 마음에 들지 않는다는 것은 압니다. 하지만 부친께서는 반드시 해야 하는 일입니다. 우든 마을의 평안과 앞으로 용병들을 아우르기 위해서는 말입니다."

"으음."

체바로의 말에 나직한 신음성을 흘리는 카스트로 촌장이
다.

그렇게 고민하는 촌장을 앞에 두고도 체바로는 전혀 흔들
림이 없었다. 아니, 오히려 더욱 냉정한 얼굴을 하며 전혀 감정
이 느껴지지 않을 정도의 목소리로 말했다.

"그리고 부친 주변 경계를 강화해야 합니다."

"그들이 날 노릴 것이라고 생각하느냐?"

"반드시 노릴 겁니다. 아마도 그들은 부친의 자리를 놓고
부촌장과 거래를 할 것입니다. 부촌장 그는 너무 오래 기다렸
습니다. 그러하기에 지금 무척이나 다급하고 궁지에 몰린 상태
입니다. 부친을 반드시 노릴 수밖에 없습니다."

"그저 그때를 기다리라는 말이더냐?"

"부친의 친위대를 빌려주시길 간청드립니다."

"친위대를 말이더냐?"

"그렇습니다."

그의 말에 카스트로 촌장이 흠칫 놀랐다.

촌장의 가장 큰 무력은 두 가지였다. 익스퍼트 하급과 중급
의 용병들로 이루어진 1백 명의 친위대와 익스퍼트 중급 중
완숙의 경지에 든 이들을 중심으로 이루어진 30여 명의 호위
대였다.

체바로는 지금 1백 명으로 이루어진 친위대를 원하고 있었다. 때문에 카스트로 촌장이 놀란 것이었다. 자신의 마지막 무력 중 하나이기 때문이다. 카스트로 촌장은 심유한 시선으로 체바로를 바라보았다.

하나 체바로는 눈 하나 깜짝하지 않고 카스트로 촌장의 눈빛을 받아냈다.

"으음. 알겠다."

"고맙습니다."

"무엇인지 모르지만 부디 네 계획이 성공하기를 바란다."

"지금까지 해온 것처럼 성공할 것입니다."

"알겠다. 나가보거라."

"보중하십시오."

가볍게 고개를 숙이고 체바로가 방을 나서자 곧바로 그를 따라붙는 이가 있었다. 바로 카스트로 촌장의 친위대 대장으로 있는 알바트론이었다.

지긋한 나이에 얼굴에 X 자의 칼자국이 난 것이 지극히 인상적인 사내였다.

"어떻게 되었나?"

"허락해 주셨습니다."

"다행이로군."

"친위대장님께서는 바로 준비해 주시기 바랍니다. 어쩌면 일이 벌어지기까지 시간이 그리 오래 걸리지 않을지도 모릅니다."

"알겠네."

*　　　*　　　*

"이놈들, 살아 있었구나?"

"에헤이, 제라르 부대장은 우릴 너무 얕보는 거 아뇨?"

회색의 숲에 들어가기 전 당분간 몸을 숨기라 한 네 명의 용병을 만났다. 다들 감격에 겨운 듯한 표정을 지어 보였다. 그것은 그동안 그들이 상당히 노심초사했다는 것을 의미한다. 그도 그럴 것이, 하루하루가 불안의 연속이었으니 당연한 일이다.

이들은 우든 마을의 안쪽 깊은 곳에 있었다. 최대한 용병 만인대로부터 멀리 떨어져 은신하고 있던 것이다. 그리고 그들은 아론이 회색의 숲에 들어가기 전 그들에게 한 말을 충실하게 지키고 있었다.

"고생했겠군."

"고생은 무슨, 우리만 그랬겠습니까?"

이미 회색의 숲에서의 일을 들었다는 듯이 말하는 브라이언이다.

"알고 있었나?"

"음. 브라이언 이 영감이 꽤 대단하더이다. 만약 브라이언 영감이 없었으면 우린 여기 살아 있지도 못했을 거유."

마이크가 거들었다. 모두들 인정한다는 듯이 고개를 끄덕였다. 그에 브라이언은 겸연쩍은 표정을 지어 보였다.

"한데 이자는……."

"다들 잘 알지? 블러드 골렘이라고."

"거, 지금 말하는 블러드 골렘이 우리가 알고 있는 그 블러드 골렘 맞소?"

믿기지 않는다는 듯이 유리가 되물었다. 블러드 골렘은 용병들 사이에서는 꽤 유명했다.

그는 신의를 지킬 줄 아는 용병이었고, 자신이 이끄는 백인대를 전 용병 중 최고의 용병 백인대로 이끈 자로 유명했다.

특히나 전투에서는 그가 존재하는 곳에는 언제나 피가 강을 이룬다 해서 그를 블러드 골렘이라 불렸고, 그것을 증명이라도 하듯이 그는 항상 가장 선두에 서서 전투를 치렀다.

심지어는 기사들조차도 그의 그런 대담함과 미친 듯한 활약에 용병으로서가 아니라 전우로서 인정할 정도였다. 물론 극히 일부이지만 말이다.

"듣기로 기사가 되었다고 하던데……."

"맞아, 자유 기사야."

제라르의 답에 그들은 모두 놀란 얼굴이 되었다. 기사가 되면 대부분이 일곱 개의 성역 중에 하나를 택해 몸담는다. 그러기 위해서 기사가 되는 경우가 9할 이상이다. 하지만 얀센은 그러지 않았다.

"반갑군. 왕년에 나도 용병이었지. 지금은 그냥 백 없고 줄 없어 여기저기 떠돌아다니는 기사 얀센 크라우프다."

"허어~"

"정말인갑네."

"바, 반갑수."

각자 한마디씩 했다.

"언제까지 밖에 이렇게 세워둘 건가?"

"아! 이놈의 정신 좀 봐."

그러면서 서둘러 그들을 안으로 들이는 브라이언이다. 아담한 주택으로 허름하지만 마당도 있고 적어도 열 명 정도는 충분히 쉴 수 있을 정도였다.

또한 번잡하지 않고 한적한 것이 누군가 자신들을 노린다면 대치할 수 있는 최적의 장소라 할 수 있었다.

모두가 침상이든 의자든 간에 자리를 잡고 앉았다. 그제야 브라이언이 조심스럽게 입을 열었다.

"그런데 대체 무슨 일입니까?"

"대충 알고 있는 것 아닌가?"

"대충이야 알고 있지만 정확하게는 알지 못하지요."

"있는 사실만 말하자면 함께 갔던 정찰 백인대는 전멸에 가까운 타격을 입었고, 그 와중에 7성좌 중 엘리오스 가문의 첫번째 방계인 픽스틴 가문의 장자가 죽었고 우리는 복귀했다."

"혹시 복귀한 이후 누군가를 만난 적 있소?"

브라이언이 지극히 조심스럽게 물었다. 마치 아주 중요한 사항이라는 듯이 말이다. 그에 제라르 역시 놀란 듯 입을 열었다.

"엥? 그걸 어찌 알았어?"

"허어~ 만인대장이 대장을 버렸구려."

"우리를 버렸다?"

그제야 제라르와 브라이언의 대화에 끼어드는 아론이다.

"아니, 정확하게는 팔아버린 거요. 돈을 받든지 아니면 어떤 조건을 제시하고 말이오."

"팔았다……. 그러면 픽스틴 가문이겠군. 픽스틴 가문의 장자가 죽은 죄를 우리에게 뒤집어씌운 것이고 말이야."

"그럴 것이오."

브라이언의 한마디에 아론은 모든 정황을 추론해 내었다. 그에 브라이언은 아론의 빠른 추론에 놀라는 표정을 지어 보이면서도 진중하게 고개를 끄덕였다. 그리고 잔뜩 인상을 찌푸리더니 다시 입을 열었다.

"혹시 전역한 이후에 기습을 받지 않았소?"

"받았지."

당연하다는 듯이 입을 여는 아론.

"어디였소?"

"붉은 달."

"허어~ 픽스틴 가문에서 작정했구려."

"자신들의 손에 피는 묻히기 싫고 대외적인 신망이 있으니 우리를 확실하게 처리해 줄 믿을 만한 암살 조직에 우리를 의뢰한 것이로군. 그렇다면……."

아론의 말에 무겁게 고개를 끄덕이는 브라이언.

"이곳이 위험하다는 것일 겝니다."

"아니, 그놈들이 이곳을 어찌 알고?"

이번에는 얀센이 물었다.

"아시겠지만 붉은 달은 그리 만만한 조직이 아닙니다."

"하지만 이곳은 용병들만의 마을이지. 아무리 그들이라고 해도 함부로 이곳에서 일을 저지를 수는 없지."

"물론 간단히 생각하면 그렇습니다만 이곳 우든 마을의 상황도 그리 간단하지 않습니다."

"간단하지 않다면 이곳에도 권력 다툼이 있는 건가?"

"정답이오."

얀센과의 대화 도중에 끼어든 제라르. 브라이언의 답에 제라르와 얀센의 얼굴이 일그러졌다.

"촌장은 용병들만의 세력을 만들고자 하고, 부촌장은 귀족의 자리에 욕심이 있는 자입니다."

"부딪치겠군."

"필연적입니다."

"그리고 붉은 달은 촌장과 부촌장 모두에게 사람을 보냈을 것이고, 촌장은 거부할 확률이 높고 부촌장은 그들과 결탁할 확률이 높겠지."

"정답이오. 하지만 이 모든 것은 나의 추측일 뿐 확실하지는 않소."

"그렇단 말이지?"

그것을 마지막으로 아론은 팔짱을 긴 채 생각에 잠겼다. 하지만 그의 생각은 그리 오래가지 않았다.

"그동안 얼마나 성장했지?"

아론의 질문에 그걸 왜 이제야 묻느냐는 듯이 입을 여는 브라이언이다.

"모두 하급이오."

"힘 좀 썼나 보군."

"죽을 똥을 쌌소."

아론의 말에 브라이언, 마이크, 유리, 니콜라이는 슬며시 입꼬리를 말아 올렸고, 지금까지 조용히 있던 니콜라이가 입을 열었다.

"하면 준비를 좀 해야겠군."

"그들을 맞이할 겁니까?"

브라이언이 조심스럽게 물었다.

"이곳은 최적의 장소이지. 보아하니 집 뒤로 가면 상당히 넓고 울창한 숲이 있더군."

"피를 흘리기에는 좋은 장소입니다."

"그곳으로 가지."

"지금 말입니까?"

"붉은 달이라면 이미 준비를 마치고 이곳으로 달려오고 있겠지. 이미 우리에게 한 번 당했으니 그들의 가진 명성에 누가 되게 하지 않기 위해서도 이번에는 최선, 혹은 악착같이 우리를 제거하려 들겠지. 거기에 부촌장이 가세한다면 결코 쉽지 않은 상황이 될 것이야."

아론의 말에 다들 굳은 표정을 해 보였다. 하지만 그들의 표정은 제라르의 한마디에 스르르 풀렸다.

"으흐흐, 좋구만. 그렇지 않아도 몸이 뻑적지근했는데 말이지. 여관에서 만난 놈들은 너무 허약해서 몸도 제대로 못 풀었거든?"

그러면서 팔을 돌리고 고개를 돌리며 몸을 푸는 모습을 보였다. 그에 긴장하고 있던 네 명의 용병 역시 슬며시 입꼬리를 말아 올렸다. 제라르의 말에 호승심이 인 것이다. 그들이 알기로 제라르는 하급이었다.

"일단 자리를 옮기지."

"벌써 말이우?"

"끌려가기보다는 전장을 먼저 만드는 것이 유리하겠지."

"지당하신 말씀입니다."

제라르의 물음에 아론이 답하고 브라이언이 동조했다. 그에 아론은 말없이 자리에서 일어났고, 나머지 여섯 명의 용병도 따라서 자리에서 일어났다. 그중 네 명의 용병은 각자 집 안에 두었던 자신들의 무기를 챙겼다.

브라이언은 장창 한 자루를, 마이크는 쌍단검을, 쌍둥이 형제인 유리와 니콜라이는 각각 쇠사슬과 라운드 쉴드 두 개를 챙겼다. 특히 쌍둥이 형제인 유리와 니콜라이는 연수합격에 능했는데, 유리가 공격을 전담하고 니콜라이는 방어를 전담했다.

아론은 그들을 이끌고 집을 나서서 숲으로 향했다. 숲에 들어서자 확연하게 달라지는 풍경이 확 다가왔다. 그리고 조금 더 들어가자 싸우기에 딱 좋은 넓은 공터가 나타났다. 마치 이런 일이 있을 줄 알았다는 듯이 말이다.

"여기가 좋겠군."

"딱 좋구만요."

아론의 말을 제라르가 받았다. 아론은 제라르의 말에 고개를 끄덕이며 동조했다.

"쉬고 있어. 그들이라면 이곳을 어렵지 않게 찾아올 테니까."

아론의 말에 긴장감을 유지한 채 각자 자리를 잡는 일행이었다. 눈을 감고 마나 호흡을 하는 이가 있는가 하면 정성스럽게 자신의 무기를 어루만지는 이들도 있고, 가볍게 몸을 푸는 이들도 있었다.

그러기를 한참, 나무에 기대 눈을 감고 편하게 있던 아론이 눈을 떴다. 그에 모두들 행동을 멈추고 무표정하게 자리에서 일어섰다.

이들은 용병들이다. 평생을 전장을 헤집고 살아온 이들이라는 말이다.

마나가 없고 익스퍼트가 아니었음에도 최소 5년 이상은 전장에서 살아남은 역전의 용사들이었다. 적이 왔다는 것을 느끼는 순간 그들은 이미 전투태세를 갖추고 있었다. 그리고 그들이 일어섰을 때 마치 시간을 맞췄다는 듯이 수십의 흑의복면인과 복면만 한 이들이 그들의 전면에 모습을 드러냈다.

"이런, 기다리고 있었나?"

흑의복면인이 아닌, 얼굴을 알아보지 못하게 복면만 한 이가 앞으로 나서며 물었다. 그에 아론은 예의 그 기이한 글레이브를 비껴 들며 입을 열었다.

"대화를 하러 이곳에 온 게 아니지 않나?"

그에 한 방 먹었다는 표정을 지어 보이며 자신의 옆에 있는 흑의복면인을 바라보는 사내. 그에 회색 눈동자가 인상적인 흑의복면인이 앞으로 나섰다.

하지만 아론은 그가 앞으로 나옴에도 신경 쓰지 않는다는 듯이 스윽 주변을 훑었다.

"꽤 많이 왔군."

"만에 하나라는 게 있으니까."

흑의복면인은 말이 없었고 예의 흑의복면인 옆의 사내가 입을 열었다.

"그래, 그렇겠지."

사내의 대답에 잠시 그를 응시하던 아론이 입을 열었다.

"와봐!"

그러자 가장 앞에 있던 흑의복면인의 손이 들리며 손가락이 꼼지락거리듯이 살짝 움직였다.

파하앗!

그러자 수십의 흑의복면인이 날아올랐다. 다만 복면만 한 이들은 움직이지 않았다. 아마도 공격의 우선권이 흑의복면인들에게 있을지도 몰랐다.

"타핫!"

"으랴앗!"

흑의복면인이 날아오를 때를 같이하여 여섯 명의 용병이 사방으로 흩어졌다. 상당히 넓은 공터가 순식간에 수십의 복면인들로 가득 찼고, 그들은 마치 검은 파도처럼 용병들을 덮쳤다. 수십 자루의 날카로운 갈고리 칼과 검은색 쇠사슬이 달린 단검이 하늘을 수놓았다.

"으챠!"

따다다당!

선공은 제라르부터였다. 그는 쌍수대검을 들고 몸을 측면으로 회전시키면서 앞으로 나갔고, 그의 쌍수대검에 갈고리 칼과 비산하는 단검이 힘없이 사방으로 튕겨 나갔다. 그 뒤를 이어 얀센이 할버드를 수평으로 휘둘러 나는 복면들의 목을 노렸다.

스가각!

둘은 각자이면서도 오랫동안 연수합격을 해온 이들처럼 손발이 착착 맞았다. 때로는 같이, 때로는 홀로 흑의복면인들을 주살해 갔다.

창을 든 브라이언의 활약 역시 대단했다.

그는 숲에서부터 지속적으로 훈련받은 제라르나 얀센처럼 마나를 다루지는 못했다.

하지만 브라이언은 그들에게는 없는 오랜 경험이 있었다.

어찌 보면 아론과 맞먹을 정도의 오랜 경험이다. 그는 오랜 경험으로 마나를 줄기줄기 뿜어내는 짓이 얼마나 비효율적인지 깨달았다.

그는 마이크나 유리, 혹은 니콜라이처럼 마나를 줄기줄기 뿜어내지 않았다. 다만 딱 필요한 때 밝은 빛을 내며 마나를 시전할 뿐이었다.

그러나 아직은 마나의 수급이나 컨트롤이 미숙했다. 아직 그들은 하급에 오른 지 얼마 되지 않았기 때문이다.

그럼에도 그들이 싸우는 모습은 상당히 안정적이었다.

'큰 위험은 없겠군.'

아론은 그렇게 판단했다. 실제 마이크와 유리, 그리고 니콜라이가 싸우는 모습을 보면 매우 안정적이었다. 마이크는 단검 두 자루를 마치 귀신처럼 사용하는 자였는데 브라이언과 붙어서 공수를 이어감에 안정적이고 치명적인 공격을 이어나가고 있었다.

그것은 유리와 니콜라이 역시 마찬가지였다. 두 개의 라운드 실드로 전후좌우를 그림처럼 막아냈고, 공격이 막혀 극히 미세한 틈을 유리의 쇠사슬이 파고들었다. 때로는 쇠사슬이 방패가 되었고, 방패가 무기가 되었다.

"쯧!"

그에 전장을 바라보던 복면인은 혀를 차면서 눈살을 살짝 찌푸렸다. 현재 상황이 마음에 들지 않는 것이다. 그것은 흑의 복면인도 마찬가지였다. 특히 흑의복면인의 경우 눈동자가 심유하고 깊어졌다.

'애초에 98호가 방심해서 실패했다고 여겼는데 아니로군.'

그래도 98호는 붉은 달 내에서 100위 안에 드는 실력자였다. 그런 그가 실패했다니 믿지 않았다.

그가 무서운 것은 실력보다 상황을 철저하게 자신에게 유리하게 이끄는 작전 능력이었다. 그러한 그가 실패했다니 당연히 믿지 않았다.

현장 조사에 나선 조사단이 경고는 해주었다. 98호가 대동한 붉은 달의 조직원은 무려 12명. 그중 단 한 명도 살아남지 못했고, 12명에게는 단 두 가지의 상처가 나 있었으며 98호는 12명을 죽인 이와 다른 사람이라는 결론을 내렸다.

조사단의 실력을 알기에 부정하지는 못했지만 솔직히 모든 것을 믿기는 어려웠다. 하지만 지금 이 순간 조사단의 조사가 결코 틀리지 않았음을 알 수 있었다.

강했다. 특히 쌍수대검을 든 자와 할버드를 든 자는 더욱 강했다.

그리고 마지막으로 아직 나서지 않은, 특이한 글레이브를 품은 채 팔짱을 끼고 있는 자는 더욱 강력해 보였다. 그저 바라보는 것만으로도 거대한 산악처럼 느껴질 정도로 육중하고 압도적인 기세를 흘리고 있었다. 지금 자신들의 수하들이 지지부진하며 저들에게 농락당하고 있는 이유는 바로 저 압도적인 존재감 때문이었다.

그에 흑의복면인과 그 옆의 복면인의 시선이 부딪쳤다. 흑의복면인의 시선을 받은 복면인은 어깨를 으쓱해 보였다.

"우리까지 나서야 하나?"

끄덕.

고개를 끄덕이는 회색 눈동자의 흑의복면인. 그리고 그는 정확하게 아론을 가리켰다. 그제야 조금은 마음에 든다는 듯이 고개를 끄덕이는 복면인이다.

"그나마 대장쯤으로 보이는 놈이로군."

그러면서 자신의 뒤에 서 있는 열 명의 수하에게 고개를 살짝 끄덕였다. 그에 복면을 한 이들이 아론이 있는 곳으로 다가가 그를 에워쌌다.

아론은 그들이 자신을 에워싸자 그제야 팔짱을 풀고 특이한 글레이브를 비껴 들었다.

"부촌장인가?"

아론의 덤덤한 말에 복면인들의 눈동자가 살짝 커졌다. 자신들의 정체를 숨기기 위해 복면을 썼다. 하지만 상대는 이미 자신을 알고 있다는 듯이 답을 했기 때문이다.

"와봐."

아론의 오만한 말에 복면인들의 눈살이 찌푸려졌다. 자신은 무려 열둘이다. 그런데 전혀 주눅 들지 않고 오히려 비웃는 듯한 목소리가 흘러나왔다.

"죽여!"

복면인 중 누군가가 외쳤다. 열둘의 복면인 중 우두머리에 해당하는 자였다.

촤르르륵!

긴 쇠사슬 끝에 가시가 삐죽삐죽 나 있는 유성추가 가장 먼저 뱀의 혓바닥처럼 아론을 향해 쇄도했다. 아론은 글레이브를 슬쩍 가볍게 휘둘러 유성추를 쳐냈다.

까강!

순간 유성추는 들어올 때보다 더 빠르게 튕겨 나갔다. 그 속도가 어찌나 빠른지 그 누구도 반응조차 할 수 없을 정도였다.

"피햇!"

또다시 누군가 외쳤다. 가장 먼저 튕겨 나가는 유성추의 궤적을 본 자일 것이다. 하나 그 누군가의 경고는 공허한 외침일 뿐이었다.

퍼억!

성급하게 유성추를 쏘아낸 복면인의 머리에서 피가 튀었다. 날카로운 유성추가 복면인의 관자놀이를 관통하여 반대편으로 뚫고 나왔다. 핏물이 우박처럼 쏟아지고 유성추에 관통된 복면인은 고목처럼 쓰러졌다.

주춤.

생각지도 못한 일격에 복면인들이 뒷걸음질 쳤다. 그런 그들을 보며 아론이 입을 열었다.

"안 오나?"

"이익!"

자신들을 놀리는 듯한 아론의 목소리에 복면인들은 분노하며 그를 향해 검과 도, 창 등을 휘두르며 달려들었다.

네 방향에서 네 가지의 무기가 아론을 향해 쇄도했다.

아론의 상체가 뒤로 젖혀졌다. 무릎을 직각으로 꺾어 땅과 수평이 된 그의 상체는 너무나도 수월하게 네 공격을 무력화시켰다. 그리고 그의 전신을 굳건하게 지탱하고 있던 두 다리를 힘차게 박찼다.

쉬아악!

"큭!"

"컥!"

네 개의 외마디 비명이 터졌다.

촤아악!

그리고 검붉은 핏물이 소나기처럼 사방으로 퍼져 나갔다. 네 명의 복면인 모두 허리가 잘리면서 상체와 하체가 분리되었다. 열둘에서 순식간에 여섯이 남았다. 남은 여섯은 이 비현실적인 상황에 얼이 빠져 제대로 대응조차 하지 못했다.

그 순간 다시 아론의 글레이브가 휘둘러졌다.

사아아악!

투두두둑!

그리고 여섯 개의 목이 떨어졌다. 너무나도 간단하게 열둘의 목이 사라졌다. 그럼에도 호흡조차 거칠어지지 않은 그였다. 그의 시선이 회색 눈동자의 흑의복면인과 그보다 머리 하나는 더 큰 복면인에게로 향했다.

순간 둘은 거의 동시에 전신을 부르르 떨었다. 그들은 순간 오거 앞의 고블린처럼 나약해짐을 느꼈다.

촤아앙!

그리고 복면인은 그런 자신을 인정하지 못하겠다는 듯이 검을 빼 들었다. 그의 검은 상당히 특이했는데 칼날이 마치 톱날과 같았다. 만약 저 칼에 베인다면 살은 물론이고 창자까지 모조리 끌려 나와 가닥가닥 끊어질 것이다.

단순한 무기이지만 그 무기는 바로 그것을 다루는 자의 성정을 반영한다. 그것으로 보아 잔인한 무기를 선호하는 만큼 그자 역시 잔인하기 그지없는 성정을 가지고 있다는 것을 의미했다.

복면인은 아론을 보면서 잔인하게 웃는 듯 복면이 일그러졌다.

그를 바라보던 아론의 모습이 사라졌다. 그에 회색 눈동자의 흑의복면인과 복면인이 흠칫 놀랐다. 그들의 시선이 사방을 훑었다.

그러다 그 둘은 동시에 등골이 서늘함을 느끼고 급급하게 몸을 비틀며 스텝을 밟아 자리에서 이탈했다.

스가각!

하나 완벽하게 회피하지는 못했다. 원래 있던 자리에서 어느 정도 물러서 안전함을 느낀 그들이 자세를 잡았을 때 그들은 문득 가슴 어림이 시원하다는 느낌을 받았다.

펄럭!

흑의가 잘라져 나가고 그들의 가슴께의 맨살이 드러났다.

'어느새⋯⋯.'

'무서운 자다.'

그들은 온몸으로 느낄 수 있었다. 혼자서는 절대 감당할 수 없는 상대라는 것을 말이다. 그에 회색 눈동자의 흑의복면인과 복면인의 시선이 부딪쳤다. 자신들이 할 수 있는 최선이란 바로 힘을 합치는 것이었다.

시선 교환으로 합의를 본 그들이 아론을 향해 쇄도했다. 전혀 사전 동작 없이 움직이는 급작스러운 움직임이었다. 바로 기습이라는 것일 게다. 하나 기습이라는 것도 어느 정도 수준

차에서나 허용되는 것이다.

아론의 무력은 압도적이었다.

상당한 거리. 무려 10미터나 떨어진 곳에서 아론이 글레이브를 휘둘렀다. 그들은 미친놈이라고 생각했다.

그런데.

덜컥!

아론을 향해 쇄도하던 둘의 신형이 멈췄다. 쇄도해 들어가던 둘 모두 의문이 들었다. 그때 문득 둘은 동시에 자신의 목이 뜨끔하다는 느낌이 들었다.

그들은 지금이 전투 중이라는 것조차 잊고 손으로 자신의 목을 훑었다.

목을 훑고 그들이 바라본 손에는 검붉은 핏물이 진득하게 묻어 있었다.

"이건⋯⋯."

그들의 눈이 동시에 아론에게로 향했다. 믿을 수 없다는 듯이. 어떻게 이럴 수 있느냐는 듯이⋯⋯.

때마침 한 줄기의 바람이 불어왔고, 그들은 바람에 흔들리는 초목처럼 흩날리며 허물어져 내렸다.

아론의 시선이 심유하게 잠겨들며 전장이 아닌 어둠 속의 한 장소를 향했다. 잠시 어둠 속을 향하던 아론의 시선이 이내 다시 전장으로 향했다.

그의 시선이 향한 어둠 속 저편에 일단의 인물이 은신하고 있었다.

'설마 여기를 본 것인가? 이 짙은 어둠 속에서? 믿을 수 없군.'

일단의 인물들이 수십의 흑의복면인을 압도적으로 밀어붙이고 있는 일곱 용병들을 주시하고 있었다. 그들은 다름 아닌 촌장의 양아들인 체바로에게 그들을 보호하라는 명을 받은 촌장의 친위대의 대장 알바트론이었다.

체바로의 명령에 알바트론이 왜 그래야 하느냐고 묻자 그들은 앞으로 촌장님이 우든 마을과 동등한 세력을 구축하고 있는 쿠테란 마을과 토툰 마을을 흡수해 하나의 용병 단체를 만드는 데 중요한 역할을 할 것이라고 했다. 그에 알바트론 친위 대장은 고개를 끄덕였다.

그는 촌장의 친위대장이기는 했으나 일찍이 촌장의 양아들인 체바로의 원대한 꿈에 동조한 상태였다. 체바로는 용병들이 꿈을 꿀 수 있게 했다. 누천년 동안 만들고자 했으나 만들어지지 못한 용병들의 대지에 대한 꿈 말이다.

그리고 어느 정도 가시적인 성과를 거뒀다. 용병들만의 마을이 만들어졌다. 하나도 아닌 무려 세 개가 말이다. 세 개가 만들어진 것도 오로지 체바로의 원대한 계획 아래에 있었음은 물론이다.

알바트론 친위대장은 전적으로 체바로를 믿었다. 지금껏 그는 그 믿음을 배신하지 않았기 때문이다. 그래서 오늘도 두말하지 않고 어둠 속에 은신해 있었다. 절체절명의 순간 모습을 드러내 용병들을 구하기 위해서였다.

하지만 그들은 도저히 지금의 상황을 믿을 수 없었다.

체바로에게 듣기로 저들은 그저 하급 용병들일 뿐이라고 했기 때문이다.

한데 실제 드러난 용병들의 실력은 자신조차 가늠할 수 없을 정도로 강력했다. 몇 달 전 숨어들어 우든 마을 외곽에 자리를 틀고 외부 출입을 극도로 자제한 이들마저도 하급의 실력자들이었고, 더군다나 새로 합류한 세 용병의 실력은 실로 뛰어났다.

그중 저들의 우두머리로 보이는 자는 상상을 초월할 정도로 강력했다.

'도대체 저런 용병이 어떻게 지금까지 알려지지 않은 것일까?'

그런 생각에 잠겨 있을 동안 어둠 속에서 그와 시선이 부딪쳤다. 순간 알바트론 친위대장은 전신의 피가 싸늘하게 식는 듯한 느낌을 받았다. 어둠 속이고 상당한 거리를 두고 있었음에도 너무나도 정확하게 자신이 있는 위치를 파악하고 있었다.

'거기에 내가… 적이 아니라는 것까지 알고 있다.'

그래서 더욱더 소름이 돋았다.

"우리가… 도울 필요도 없겠는데요."

그의 곁에 있던 용병이 조심스럽게 입을 열었다. 그에 알바트론 친위대장은 고개를 끄덕였다. 확실히 자신들이 도울 필요가 없었다.

"물러나도록 하지."

더 이상 볼 필요도 없었다. 붉은 달의 암살자들과 부촌장의 휘하에 있는 복면인들은 모두 죽을 것이다. 아주 깔끔하게.

'체바로에게 전해야 한다.'

이것은 아주 중요한 사항이었다. 어떻게 보면 체바로의 원대한 계획에 있어서 강력한 호재가 될 가능성이 높았기 때문이다.

결정을 내린 그들은 어둠을 등지고 자리에서 벗어났다. 그들이 벗어나는 순간 전투는 깔끔하게 끝이 났다.

그제야 팔짱을 푼 아론이 물었다.

"다친 사람은?"

"이 정도로 다치면 문제 있는 것 아니우? 전장 짬이 있지."

"허허, 확실히 제라르 부대장의 말이 맞소."

제라르의 말에 브라이언이 동조했다. 물론 다른 이들도 마찬가지였다. 그에 작게 고개를 끄덕인 아론은 손을 들어 올렸다. 그에 죽은 시체들이 허공에 떠올랐고, 그의 손이 아래로 내려가자 허공에 떠오른 시체들이 깔끔하게 사라졌다.

"그거… 어떻게 한 거요?"

얀센이 놀라 물었다. 마법사도 아니고 순식간에 시체를 사라지게 만들자 놀라 물은 것이다. 하지만 놀란 것은 비단 그뿐만이 아니었다. 그 모습을 보고 있는 모든 이가 놀란 눈을 하고 있다.

"그저 위치를 변경시켰을 뿐이다."

"그게 무슨 말이오?"

"깊이 알려 하지 마라."

"뭐 말해주기 싫다면야 어쩔 수 없지만."

아론의 말에 다들 어깨를 으쓱해 보였다. 궁금하기는 했지만 이미 그들은 아론이 자신들과는 차원이 다른 존재라는 것을 알기에 곧바로 수긍했다. 그리고 레더 메일 여기저기에 묻은 피를 툭툭 털어내기 시작했다.

"가지."

아론이 신형을 돌려세우자 용병들이 그의 뒤를 따랐다. 숲 속은 다시 원래의 적막을 되찾았다.

그들이 자신들의 저택에 도착했을 때 의외의 인물이 그들을 맞이했다. 호리호리한 몸에 창백한 얼굴. 절대 용병을 할 만한 인물은 아니었다.

바로 체바로였다. 그의 뒤에는 알바트론 친위대장이 서 있었다. 그에 제라르를 비롯한 용병들은 전투태세를 갖추려 했으나 손을 들어 그들을 제지한 아론이다.

"우든 마을 촌장의 아들 체바롭니다."

"아론이오."

"주인 없는 집에 들 수 없어서 밖에서 기다리고 있었습니다."

체바로의 태도는 지극히 정중했다. 일개 용병에게 할 만한 태도는 절대 아니었다.

아론은 작게 고개를 끄덕이고는 손을 들어 권했다.

"안으로 들지요."

"환대해 주서서 고맙습니다."

"……"

체바로의 말에 아론은 말없이 앞으로 걸어가 저택의 문을 열었다.

끼이익!

비명을 지르며 열리는 문. 하지만 체바로는 별로 개의치 않는 듯했다. 용병들의 생활이라는 것이 다 그러니까 말이다. 저택이라고 하지만 다 쓰러져 가는 집일 뿐이니 어찌 보면 당연한 것이라 생각했다.

저택에 들어 둘은 아무 말 없이 중앙에 놓인 탁자에 앉았다. 그에 브라이언이 손수 용병들은 잘 마시지 않는 차를 끓여 그들 앞에 놓았다. 용병들에게 차는 그저 사치일 뿐이다. 하지만 브라이언은 그의 유일한 사치를 지금 행하고 있는 것이다.

후릅!

차를 마시는 나직한 소리가 들려왔다. 아론 역시 차를 마셨다. 하지만 그의 차를 마시는 풍도는 절대 용병과 같지 않았다. 마치 왕실 사람들이 차를 마시는 것처럼 우아하고 품위 있었다. 그런 아론의 모습을 본 체바로가 찻잔을 내려놓으며 입을 열었다.

"향이 좋은 차로군요. 즐겨하시는가 봅니다."

"즐겨하지는 않습니다."

"하하, 그렇습니까?"

"그건 그렇고, 차를 대접했으니 본론으로 들어갔으면 합니다만."

"하하, 알겠습니다."

그러면서 다시 차를 한 잔 마시며 목을 축이는 체바로.

"저는 원대한 꿈이 있습니다."

"원대한 꿈이라……."

아론이 그의 말에 추임새를 넣었다.

"그렇습니다."

"그 꿈을 이루기 위해 우리를 포섭하러 왔습니까?"

"포섭? 포섭이라……. 그렇지는 않습니다."

"그저 단순히 그 원대한 꿈을 두고 대화를 하기 위해 온 것 같지는 않소만."

"포섭이 아니라 동참을 원합니다."

"용병들 중 실력자가 꽤 될 터인데 말입니다."

아론의 말에 슬쩍 미소를 떠올리는 체바로였다. 그는 다시 자신의 앞에 둔 찻잔을 들어 입으로 가져갔다.

"조사를 좀 했습니다."

"우리가 우든 마을에 든 지 얼마 되지도 않았는데 조사를 했다니 능력이 탁월하신 모양이군요."

"아하하, 일을 하다 보면 정보가 중요하다는 것쯤은 알고 있어서 말이지요."

"그래, 어떤 조사를 했는지 한번 들어보지요."

"다른 것은 차치하고 이곳에 들게 된 이유만 말하겠습니다."

"이곳에 든 연유라……."

아론은 여전히 여유를 가지고 한 치의 흔들림도 없었다.

'과연!'

그에 체바로는 감탄한 눈으로 그를 바라봤다. 처음 알바트론의 전언을 들었을 때 체바로는 솔직히 믿기 힘들었다. 하지만 알바트론이 거짓말을 할 리는 없었다. 그에 그동안 모아놓은 모든 자료를 다시 살피며 주의 깊게 살펴보았다.

그리고 하나의 사실을 알 수 있었다.

'내가 생각한 단순한 용병이 아니다.'

그래서 그는 부랴부랴 하나의 가정을 세웠다. 그리고 그 가정하에 전격적으로 움직였다. 이것은 평소 체바로의 성격에 비춰보자면 실로 파격적인 움직임이 아닐 수 없었다. 그는 확신이 들지 않고 정확한 정보가 없다면 절대 움직이지 않았다.

모든 것은 자신의 계획대로 흘러가야 했다. 그런데 이번만큼은 달랐다. 기존의 정보를 다시 확인하고 완벽하지 않은 상태에서 전격적으로 움직인 것이다. 아론은 조사한 것을 말해보라는 듯이 여유 있게 기다렸다.

"시간이 촉박한 탓에 많은 정보를 구하지는 못했습니다. 우선 말씀드리자면……."

잠시 주춤한 체바로였다. 그에 아론이 입을 열었다.

"그냥 아론이라 부르시오."

"알겠습니다. 아론 님과 아론 님을 따르는 용병들은 버림받았습니다."

"알고 있소."

"또한 팔려졌습니다."

"그 또한 알고 있소."

아론의 말에 고개를 끄덕이는 체바로였다.

"요는 누가 왜 버리고 팔았는지가 중요하지 않습니까?"

"만인대장이겠지. 동부군 사령관의 사주를 받은."

"누구인지는 확실하게 알고 계시군요."

"그 정도 머리는 돌아가니까."

"하지만 확신은 하지 못했을 것입니다."

"드러난 사실로 추론했을 뿐이지."

"그렇다 해도 훌륭한 판단이었습니다."

"그럼 묻지. 왜 우릴 팔았겠나?"

"책임 회피입니다."

체바로의 말에 아론은 확인했다는 듯이 고개를 끄덕였다. 앞뒤 자른 본론만 말했지만 아론은 모두 알아듣고 있었다.

"듣기로 픽스틴 가문이 군문에 상당한 영향력을 행사한다고 하더군."

"그것도 있지만 다른 측면도 있습니다."

"다른 측면이라……."

생각에 잠기는 아론이다. 하지만 거기까지는 추론이 불가능했다. 추론할 수 있는 정보가 너무 부족한 탓이었다.

"프라우디르 백인대장의 본명은 길버트 플람베르. 플람베르 가문의 장자이며 정의를 위해서가 아니라 이권을 위해서 검을 드는 기사들에게 환멸을 느껴 스스로 가문을 버린 자입니다."

그것이 대체 무슨 상관이냐는 듯이 조용히 체바로를 바라보는 아론의 모습에 슬쩍 체바로가 입꼬리를 말아 올렸다.

"하지만 그가 아무리 스스로 플람베르 가문을 버렸다 하나 한 가문의 장자라는 자리가 그리 쉽게 버릴 수 있는 자리가 아닙니다. 그것을 알고 있는 동부군 사령관은 그와 픽스틴 부관을 백인대장이나 부관으로 둘 수 없어 어떻게 보면 상당히 쉬운 이번 정찰 임무를 맡긴 것입니다."

"적의 보급기지를 발견하면 대단한 공을 세우니 천인대장까지 오를 수 있고, 두 가문과 상당한 친분을 유지할 수 있겠군."

"그렇습니다."

"그래서?"

"그런데 일이 틀어졌습니다. 정찰대는 전멸에 가까운 타격을 받았고, 픽스틴 부관은 죽었습니다. 이 상황에서 동부군 사령관이 선택할 수 있는 것은 그리 많지 않았습니다. 그가 선택한 것이 무엇이겠습니까?"

"정찰 임무 자체를 없애는 것이겠지."

"맞습니다. 그러자면 그에 관계된 자를 모두 제거해야만 합니다."

"그래서 픽스틴 가문에 오염된 정보를 흘린 것이로군. 대충 용병과 시비가 붙어 픽스틴 부관이 죽었다고. 용병 한 명에게 죽었다고 하면 명예에 금이 갈 터이니 일곱의 용병이 기습을 해 죽였다고 했을 수도 있겠군."

"정확합니다."

그에 아론의 등 뒤에 서 있던 여섯 명의 얼굴이 일그러질 대로 일그러졌다. 그 뒤 이야기는 듣지 않아도 뻔했다. 동부군 사령관은 그 즉시 용병 1만인대장과 거래를 했을 것이다. 그 거래를 용병 1만인대장이 받아들였고 말이다.

아마 군적에 자신들의 이름은 어디에서도 찾을 수 없을 것이다. 자신들은 이미 죽은 자들이나 다름없으니까 말이다.

"우릴 노린 것은 붉은 달이 아니라 픽스틴 가문일 거라는 추측이 맞았군."

"그렇습니다. 하지만 그들은 아론 님을 잘못 판단하고 있습니다. 저 또한 문서 정보로만 봤을 때 그저 하급의 용병이나 베테랑 유저급의 용병으로 판단했으니 말입니다."

"하긴 그 점 때문에 수월하긴 했지. 그런데 그것이 나를 찾아온 것과 무슨 상관인가?"

아론의 질문에 체바로의 안색이 살짝 굳었다. 하나 이내 흔들리는 마음을 다잡았는지 원래의 안색으로 돌아오며 말했다.

"현재 우든 마을은 두 개의 세력으로 나눠져 있습니다."

"보니까 알 수 있겠더군."

"그렇습니다."

어느 순간부터 아론은 경칭을 쓰지 않았다. 하지만 체바로는 별로 신경 쓰지 않는 것 같았다. 아론쯤 되는 실력이라면 그럴 자격이 충분하다고 생각하는 모양이다. 그는 자신의 판단을 믿고 있었다.

"자네를 중심으로 한 세력과 부촌장을 중심으로 한 세력일 것이고, 자네는 용병들만의 세력을 일구려는 생각일 터이고, 부촌장은… 아마도 다른 것을 꿈꾸는 것이겠지."

"상황 판단력이 상당하군요."

"20년 정도 이 바닥에서 구르다 보면 이 정도의 추론은 어렵지 않지. 사람이 살아가는 방식은 거의 비슷하니까."

"옳으신 말씀입니다."

"그래서 나를 끌어들이고 싶은 모양이로군. 나를 끌어들이면 내 일행들도 끌어들여 상당한 전력을 얻을 수 있을 테니 말이야."

"정확합니다."

"그런데 그 꿈이란 것이 뭔가?"

"……."

아론의 질문에 잠시 식어버린 찻물을 들이켜는 체바로였다. 아론은 그가 입을 뗄 때까지 기다렸다. 그리고 체바로의 말을 들을 수 있었다.

"용병들의 대지입니다."

"용병들의 대지라……."

체바로의 말을 되뇌는 아론. 그의 뒤에 서 있던 용병들 중 놀라는 이는 얀센과 브라이언 정도였다.

용병들의 대지는 그저 전설일 뿐이다. 선배 용병이 후배 용병들에게 들려주는 그런 전설 같은 것 말이다.

선배 용병들은 너무나도 잘 알고 있었다. 과거에도 수차례 용병들의 대지를 만들겠다고 나서는 이들이 있었다는 것을 말이다. 가장 최근의 일로 불과 30년 전에도 있었다. 당시 가장 강성하던 용병단이 있었다.

그 용병단의 이름은 레오파드.

레오파드 용병단을 이끄는 자는 최상급의 실력자로 차베이슨 크롬웰이었다. 하지만 그는 용병들의 대지를 만들지 못했다. 그가 용병들의 대지를 만든다고 선언하고 얼마 지나지 않아 그를 추종하는 이들과 그의 친위대, 그리고 그의 일가족이 모두 몰살당했다.

누가 왜 그런 일을 저질렀는지는 모른다. 다만 누군가가 용병들만의 단체를 만드는 것을 방해하고 있다는 것을 알 수 있었다. 그 이후로는 누구도 용병들의 대지를 만들겠다고 나서는 이가 없었다.

그런데 그런 용병들의 대지를 바로 이곳에서 우든 마을 촌장의 양자로 있는 체바로에게 들은 것이다. 그런 사정을 너무나도 잘 알고 있는 얀센과 브라이언은 그래서 놀랐다. 다시는 듣지 못할 말인 줄 알았더니 이곳에서 다시 듣게 되었으니 말이다.

"생각을 해봐야겠군."

"그러시겠지요. 부디 현명한 결정을 내리셨으면 합니다."

"무엇이 현명할지는 그 누구도 모르는 일이지."

"하하, 제가 실언을 했군요. 그럼."

체바로가 인사를 하며 자리에서 일어나자 그 뒤를 따라 알바트론이 이동했다. 아론은 그가 나감에도 자리에서 일어나지 않았다. 그 누구도 그를 배웅하지 않았다.

그들이 사라지고 잠시 정적이 흘렀다.

"다들 앉아봐."

아론의 말에 다들 자리를 찾아 앉았다. 아론의 좌우로 얀센과 제라르가 앉았고, 그의 정면에는 브라이언이, 나머지 세 명은 삐걱거리는 침대에 대충 걸터앉았다.

"저기 뭐냐, 용병들의 대지가 뭐유?"

그때 제라르가 머뭇거리며 입을 열었다.

"용병들의 대지라……. 어디에서부터 설명해야 할까?"

나직하게 입을 여는 아론이다. 그는 여기에 있는 그 누구보다 오랫동안 용병 생활을 해왔다. 나이를 떠나서 말이다.

"우선 용병들의 대지는 용병들만의 세력이다. 마법사들이 모여 네 개의 바벨의 탑을 만들고, 기사들이 모여 일곱 개의 에퀘스의 성역을 만들었듯 용병들의 대지는 용병들만의 단체다."

"용병들만의 단체……."

아론의 말을 곱씹는 제라르.

"만들면 되는 것 아뇨?"

"하지만 만들어지지 못했지."

"누가 방해한 거요?"

"불과 30년 전에도 레오파드 용병단에서 용병들의 대지를 만든다고 했다. 하지만 레오파드 용병단의 단장이 그것을 선언한 이후 불과 며칠 만에 그의 추종자와 친위대, 그리고 그의 일가족이 몰살당했지."

"그런……."

"그 이후 용병들의 대지는 함부로 말해서는 안 되는 금지된 단어가 되었지. 암묵적으로 법칙이 생성되었다는 것이다."

"왜?"

"용병들이 뭉치는 것을 원치 않는 이들이 있기 때문이겠지."

"그건……."

아론의 말에 제라르는 깨달을 수 있었다. 기존의 권력은 용병들이 뭉쳐 세상을 지배하는 권력을 나누려 하지 않는다는 것을 말이다. 기존의 권력이란 바벨의 탑일 수도 있고, 에퀘스의 성역일 수도 있으며, 귀족일 수도 있었다.

용병들이 합심해서 그들만의 세력을 가진다는 것은 정말 요원한 일일 수도 있었다. 그들의 허락 없이는 어떤 단체도 존재하지 못할 것이다. 그리고 그것이 2만이 넘어가는 용병이 존재하고 그에 딸린 사람의 수가 이미 5만이 훌쩍 넘어감에도 불구하고 그저 마을로 존재하는 이유라 할 수 있었다.

"그런 용병들의 대지를 만들겠다는 거유? 체바로란 자는?"

"그렇지."

"허어~ 대단한 야망가 아니우."

"그런 셈이지."

"그런데 이상하우. 그런 말을 할 정도의 인물이 아직 살아 있다는 것이 말이우. 제거되어도 진즉 제거됐을 법하우만."

"때문에 그는 실로 대단한 사람이라 할 수 있지. 모두의 이목을 속일 정도의 두뇌를 가지고 있기도 하고 말이지."

"그건 인정하겠는데, 어떻게 할 작정이우? 거절해도 위험하고 받아들여도 위험할 것 같은데 말이우."

제라르는 죽는다는 말을 간신히 누르고 위험하다는 말로 대신했다.

"이제부터 생각해 봐야지."

아론은 머리가 지끈거리는 것을 느꼈다.

'백두산이 그리워지는군.'

정말 절실하게 그리웠다. 하지만 그리워한다고 해서 그가 다시 돌아오지는 않았다. 어떻게 해서든 혼자서 지금의 상황을 헤쳐 나가야만 했다. 픽스틴 가문과 붉은 달, 그리고 우든 마을과 용병들의 대지까지.

'새로운 힘을 가진 이후 일이 계속 꼬이는 듯한 느낌이 드는군.'

그랬다.

사건 사고가 그칠 날이 없었다. 벌써 7개월이 지났지만 바로 어제 같은 느낌이 들 정도로 정신없이 시간은 흘러가고 있었다.

'어떻게 해야 할까?'

고민이 되었다. 그때 브라이언이 조심스럽게 입을 열었다.

"일단 체바로의 말에 따르는 것이 어떻습니까?"

"왜?"

"울타리가 필요하기 때문입니다."

"울타리라……. 하긴 우리는 아직 완성되지 않았지."

"그런 면도 없지 않아 있습니다."

"그리고 그 이후에는?"

"실력을 갖춰야 할 겁니다. 우리가 아무리 그의 울타리 안으로 들어갔다고는 하지만 기존에 있던 이들은 우리를 별로 탐탁지 않게 여길 것이기 때문입니다."

"세력 속에서 또다시 세력을 만들라는 말인가?"

"어쩔 수 없지 않습니까? 지금은 선택의 여지가 없습니다. 이 제안을 거절하기에는 우리를 노리는 상대가 너무 거대하고 수도 많습니다."

"흐음."

고민이 되었다. 살기 위해서는 세력이 있어야만 했다. 자신 혼자만이라면 얼마의 세력이든 상관없지만 이제는 자신만 위하면서 살아갈 수는 없었다. 이미 자신의 앞에 있는 여섯 명과 가볍지 않은 인연을 맺었으니 어떻게 하든 이 인연을 소중히 해야만 했다.

"그렇게 하는 것이 좋겠군."

아론은 가볍게 고개를 끄덕였다. 잠시 머무는 것도 나쁘지 않은 선택이라 생각한 것이다. 물론 사람의 앞날은 모르는 것이라 잠시 머물지 아니면 이곳에서 자신의 여생을 마칠지 모르지만 왠지 이곳을 벗어나기에는 그리 쉽지 않을 것 같았다.

아론이 결정을 내린 후 다들 자신만의 시간을 가지는 동안 체바로와 알바트론은 어둠 속을 걷고 있었다.

"그들이 너의 제안을 받아들일 것 같으냐?"

"받아들일 겁니다."

"어째서 그렇게 확신하느냐?"

"물론 받아들이지 않을 수도 있지만 시세를 읽을 줄 안다면 그는 반드시 저의 제안을 받아들일 겁니다. 그를 포함한 일곱 명이 감당하기에는 상대의 전력이 너무 강력한 데다 아직 완성되지 않았기 때문입니다.”

“완성되지 않았다니?”

“아저씨는 그들을 보고 느낀 점이 없습니까?”

“음, 아론이라는 자는 확실히 특이하기는 하더구나. 하지만 나머지는 그다지…….”

그에 체바로는 슬쩍 미소를 떠올리며 말했다.

“그럴 수도 있겠지요. 그런데 말이에요. 그들은 7개월 전까지 그저 유저였습니다. 얀센이나 제라르는 하급의 용병이었고 말입니다.”

“그게 정말이냐?”

체바로의 말에 흠칫 놀라면서 그를 바라보며 되묻는 알바트론. 실로 믿을 수 없는 이야기였다. 특히 그들 일행의 중심이 되는 자는 자신이 상대한다고 해도 솔직히 승리를 장담할 수 없을 정도의 실력을 가지고 있었는데 그런 자도 7개월 전까지 겨우 유저였다니 믿을 수 없었다.

“확실할 겁니다. 비선을 통해 그들 하나하나를 모두 조사했습니다. 그렇지 않았다면 제가 직접 움직이지 않았겠지요.”

“그렇긴 하다만 솔직히 믿을 수 없구나. 어떻게 그럴 수 있지?”

“가능성이 전혀 없는 것은 아닙니다.”

"가능성? 그럴 수 있는 가능성 말이냐?"

"그렇습니다."

"알려줄 수 있느냐?"

"어렵지 않습니다."

알바트론의 물음에 어깨를 으쓱해 보이며 가볍게 답하는 체바로였다.

"바로 알려지지 않은 던전을 발견을 했을 가능성입니다."

"그 일곱 명 모두가?"

"아닙니다. 그러기에는 그들이 한데 뭉친 것은 겨우 몇 달 전이니 아마도 아론이라는 자와 제라르라는 자가 가장 유력합니다."

"왜 그렇게 생각하는 것이지?"

"아론이라는 자는 여명 작전에서 낙오된 적이 있습니다."

"그런 적이 있던가?"

"그렇습니다. 그런데 여명 작전에서 낙오된 이후 약 두 달간의 행적이 묘연합니다. 그리고 복귀할 때 그는 제라르라는 인물과 함께 복귀했지요. 물론 근 스물에 가까운 용병들도 같이 복귀했지만 그중 저 네 사람만 남고 모두 전역 신청했더군요."

"네 말은 아론과 제라르 두 사람이 던전을 발견해 힘을 얻었다고 보는 것이냐?"

"아마 최초 발견한 자는 아론이라는 자가 아닐까 합니다."

"하지만 그건 좀 이상하군. 그 이전부터 그 두 사람이 알고 있었다고 보기에는 무리가 있는데 말이지. 생판 모르는 사람에게 자신이 힘들게 찾은 던전의 모든 것을 나눴다고 보기에는 좀 그렇군."

"저도 그 점이 좀 이해가 가지 않습니다. 하지만 제 가정에 의하면 제라르는 용병 제1만인대장의 얼토당토않은 계획에 의해 회색의 숲에 투입되었습니다. 그리고 거의 전멸에 가까운 타격을 입은 가운데 아론과 합류하게 된 것입니다."

"흐음. 그것은 조금 설득력이 있군. 계속해 보거라."

"아마도 그들은 그 과정에서, 그러니까 적의 보급기지를 확인하고 적의 추적을 뿌리치며 회색 숲의 몬스터를 피하면서 끈끈한 전우애가 생성되지 않았나 싶습니다."

체바로의 말에 턱을 쓰다듬으며 고개를 끄덕이는 알바트론이었다. 확실히 가능성이 농후한 가설이었다.

"그래서 자신이 던전에서 얻은 것을 조금씩 나눠 줬다?"

"그렇지요."

"한데 불과 7개월이다. 네가 보여준 정보에 의하면 아론이라는 자는 23년이라는 시간을 용병으로 살았지만 익스퍼트에 오르지 못한 유저 단계였을 뿐이다. 내가 알기로 아무 뛰어난 아티팩트가 있다 하더라도 23년의 시간을 단번에 뛰어넘는 아티팩트는 없는 것으로 알고 있다만."

"저도 그것은 궁금합니다. 뭐 어쨌든 가정일 뿐입니다. 중요한 것은 그가 어떻게 성장했는가가 아니라 그와 그 일행을 어떻게 활용하느냐 입니다. 머지않아 붉은 달도 그들을 제거하지 못했다는 것을 알게 될 것이고, 부촌장도 자신의 수하가 그들에게 죽었다는 것을 알게 될 것입니다."

"그렇겠지."

"하지만 이전처럼 강력하게 나오지는 못할 겁니다."

"아무래도 너의 울타리 안으로 든다면 그렇겠지."

"하지만 포기하지는 않을 것입니다. 픽스틴 가문은 그리 호락호락한 가문이 아니니까요."

"그렇겠지. 그래서 더 걱정이다. 과연 우리가 픽스틴 가문의 압력을 버텨낼 수 있는지에 대해서 말이다. 그리고 그것을 안 부촌장이 더욱더 날 선 견제를 할 것이 분명하다."

"음. 아직 확실한 것은 아니지만 저는 그들을 일정 기간 보호한 후 플람베르 가문과 엘리오스 가문의 영역 전쟁에 투입시킬까 합니다."

"가문 간의 영역 전쟁에 투입시킨다……. 무엇을 얻을 생각이더냐?"

이제 조금 호기심을 느끼는 알바트론이었다.

알바트론 그는 확실히 대화하는 맛이 나는 사람이었다. 중급의 실력자임도 불구하고 그는 나름 머리를 쓸 줄 알았기 때문이다.

"아저씨는 그 전쟁의 추가 어디로 기울 것이라 판단하십니까?"

"전쟁의 추라……. 단기전이라면 엘리오스 가문이겠지. 하지만 장기전으로 넘어간다면 플람베르 가문이다. 일곱 가문에게 매겨진 순위가 결코 하루 이틀 사이에 만들어진 것은 아닐 테니까 말이다. 아무리 최근 엘리오스 가문의 성세가 대단하다 할지라도 전통의 플람베르 가문을 누르기에는 아직 어렵지 않을까 한다."

"바로 맞습니다. 그리고 플람베르 가문은 이 우든 마을과 적잖은 우호 관계를 맺고 있습니다. 초창기부터 지금까지 말입니다."

"그렇지."

가볍게 체바로의 말에 동의하던 알바트론은 갑자기 걸음을 멈추고 무언가 짚이는 것이 있다는 듯 입을 열었다.

"넌 우든 마을의 용병을 그들의 전쟁에 투입시켜 플람베르 가문에 우호적인 입장을 이끌어내고 장차 다가올 미래를 준비할 모양이로구나."

"그렇습니다. 플람베르 가문이 우리를 지지한다면 그 가문과 연계된 몇 개의 가문 역시 어렵지 않게 우리를 지지할 겁니다."

"나쁘지 않구나."

실로 원대한 계획이라 할 수 있었다. 물론 그곳까지 가는 일정이 결코 쉽지는 않겠지만 그의 가슴속에는 자신의 생이 끝나기 전에 진정 용병들의 대지를 이룰 수 있을 것 같다는 희망이 들어찼다.

"하지만 어떻게 그들로 플람베르 가문이 우리를 절대적으로 지지할 수 있게 하느냐 말이다."

"플람베르 가문에는 스스로 가문을 버린 장자가 있습니다."

"그건 알고 있다만……."

"그 장자가 이번 정찰대의 백인대장이었습니다. 그리고 전멸하다시피 한 이들과 함께 복귀했지요."

"그렇더냐?"

"그의 신병을 확보했습니다."

"신병을 확보했다는 것은?"

"동부군 사령관이 그를 전출시켰더군요. 그리고 그 전출 과정에서 의문의 복면인들에게 기습을 당해 겨우 목숨을 부지한 상태에서 우든 마을에서 파견해 정찰을 나간 이들에게 구함을 받았고요."

"허어~ 그런 우연이. 한데……."

"그자의 심경에 변화가 생겼습니다."

"설마……."

"그 설마가 맞을 겁니다."

"하면……."

"그와 함께 그들을 투입시킬 생각입니다. 호위 목적으로 말입니다."

"너는 정말 그들이 그만 한 능력이 있다고 생각하느냐?"

"실패한 여명 작전에서 살아 돌아왔고, 회색의 숲을 두 번이나 다녀왔습니다. 아저씨라면 그러실 수 있습니까?"

"그……."

체바로의 물음에 입을 닫을 수밖에 없는 알바트론이다. 자신이 중급에 이른 실력자이기는 하지만 그와 같은 일을 불과 몇 개월 사이에 수행할 수 있다고 자신할 수는 없었다. 무엇보다 회색의 숲은 결코 만만한 곳이 아니었다.

"너의 의도를 충분히 알겠다. 나는 언제나 너를 지지한다."

"고맙습니다."

*   *   *

아론은 일행과 함께 체바로의 진영에 합류했다. 그리고 도착한 진영에서 아론은 한 사람을 볼 수 있었다. 바로 회색의 숲에서 그 지독한 전투를 함께한 프라우디르 백인대장이었다.

"반갑다고 해야 하나?"

먼저 입을 연 것은 아론이었다.

"한데 상태가 그리 좋지 못하군."

"힘없고 홀로 있으니 이런 경우를 겪는군."

"그런가? 내 보기에 당신은 누구에게도 원한은 사지 않을 것 같던데."

"세상 일이 어찌 자신의 생각대로만 흐르겠나?"

"그런가? 확실히 그렇기는 하지."

그들은 마치 친구처럼 대화를 이어나가고 있었다.

"한데 자네들은 웬일로 여기에……."

"전역 명령서를 받았네."

"우연치고는 상당히 공교롭군."

"세상에서 벌어지는 일 중 당연한 것이 없듯이 우연도 없는 법이지."

"그 말은……."

"뭐, 너무 공교로워서 말이지."

"그렇긴… 하군."

아론의 뭔가 여운이 깃든 말에 프라우디르 백인대장은 입을 닫았다. 홀로 깊이 생각하는 모양새다.

"한 가지 물어도 되겠나?"

"살살."

주변이 서늘해지는 아론의 아저씨 농담에 프라우디르 백인대장이 피식 웃었다. 그에 맹렬하게 돌아가던 머리와 어떤 알지 못할 분노로 팽팽하게 당겨져 있던 근육이 풀리는 것 같았다.

"나와 친구가 되어줄 수 있나?"

그의 물음에 멀뚱하게 그를 바라보는 아론.

"난처한가?"

"자네는 기사이지 않은가?"

"사내 간에 친교를 맺는데 그까짓 신분이 무에 대수일까?"

확실히 프라우디르 백인대장은 다른 기사들과는 조금 달랐다. 물론 첫 인상은 그리 좋지 않았다. 전형적으로 기사들이 용병들을 대하는 태도였으니까 말이다.

"첫인상과는 전혀 다르군."

"그때는 그래야 했으니까."

"본의가 아니었다?"

"세상은 홀로 살 수 없는 법이지."

간단한 말에 상당히 많은 의미가 내포되어 있었다. 일부러 그랬다는 것일 게다.

정규군과 기사, 그들은 용병인 자신들을 결코 좋게 보지 않았다.

그들을 이끄는 백인대장으로서 어쩌면 출전을 앞둔 병사들을 다독이기 위해 일부러라도 그리해야 했을 것이다.

"이제 홀로 남았으니 가면을 쓸 필요는 없다는 것인가?"

"죽다 살아나니 그렇게 되더군."

"그것 말고 다른 결심도 한 것 같은데 말이지."

"그렇긴 한데……."

말을 흐리는 프라우디르 백인대장은 잔뜩 고민이 서린 얼굴을 하고 있었다. 무언가 할 말은 있으나 쉽게 입을 열지 못하는 것 같았다. 그에 아론은 말없이 자리에서 일어났다. 그때까지도 프라우디르 백인대장은 말이 없었다.

그러다 아론이 문을 열고 나가려는 순간 그의 입이 조심스럽게 열렸다.

"내 본명은 길버트 플람베르 폰 프리메로네."

"그런가? 몸조리 잘하게."

아론은 잠시 걸음을 멈춘 후 그 말을 남기고 문밖으로 사라졌다. 그에 길버트는 자리에서 일어나 마나 호흡을 실시했다. 아직 완치되지 않은 상처가 짜증을 불러일으키고 있었다. 그의 마나 호흡은 꽤 오랫동안 계속되었다.

"후우~"

땀으로 범벅이 된 그의 얼굴에 조금은 만족스러움이 떠올랐다.

"흐음. 조금만 더 하면 되겠군."

그는 어깨를 돌리고 자리에서 일어나 하체만 가린 상태에서 조심스럽게 몸을 움직이기 시작했다.

그 움직임에 조각과 같은 그의 전신에 굵은 땀방울이 흘러내려 땅에 맺히기 시작했다. 가벼운 움직임에도 땀이 비오듯이 쏟아지고 있는 것이다.

"탓!"

마지막 동작을 크게 소리를 내뱉으며 마친 그가 숨을 내쉬며 몸을 편안하게 두었다. 살짝 감겨 있던 그의 눈이 떠졌다. 그리고 그의 입에서 나직한 독백이 흘러나왔다.

"젤루스, 넌 날 건드리지 말아야 했다."

그의 입에서 나직하게 흘러나온 플람베르 가문 차남의 이름. 그 말은 그가 새로운 결심을 했다는 증거이기도 했다. 다시 돌아가겠다는 결심의 증거 말이다.

어찌 되었든 아론은 프라우디르 백인대장과 만난 이후 자신의 숙소로 돌아왔다. 체바로는 자신들에게 특별한 대우를 해줬다. 물론 목적한 바가 있기 때문에 그렇기도 했지만 어쨌든 아론은 그것을 거절하지 않았다.

일곱 명이 한곳에 모여 있을 수 있으니 그리 나쁘지 않은 선택이기도 했다. 일곱 명이 머무는 숙소에 적막이 감돌았다. 다들 마나 호흡을 하고 있었기 때문이다. 그중 가장 먼저 아론을 맞이한 것은 브라이언이었다.

"오셨소?"

"마나 호흡 중이 아니었나?"

"막 끝냈습니다."

"그런가? 그럼 묻고 싶은 것이 있는데."

"어떤 것을······."

"길버트 프라우디르 백인대장을 아나?"

"뭐 대장님과 회색의 숲 정찰을 떠난 자 아닙니까?"

"그에 대해 알고 있나?"

"많지는 않지만 단편적으로 들은 적이 있습니다."

"듣고 싶군."

"흐음······."

잠시 생각을 가다듬은 브라이언이 나직하게 입을 열었다.

"우선 플람베르 가문부터 이야기해야 합니다. 에퀘스의 성역에는 일곱 개의 가문이 있는데 그 일곱 개의 가문은 각각 서열이 정해져 있습니다. 가끔 영역전을 벌여 그 서열이 바뀌기는 하지만 100년 이래로 변하지 않았지요."

"그렇군."

가볍게 추임새를 넣는 아론이다. 아론과 브라이언이 대화를 시작할 즈음 다른 이들도 마나 호흡을 마치고 그 둘의 대화에 귀를 기울였다.

"그중 부동의 두 번째 가문이 바로 플람베르 가문입니다. 그리고 플람베르 가문과 바로 붙어 있는 가문이 바로 다섯 번째 가문인 엘리오스 가문입니다. 두 가문은 전통적으로 앙숙인데 지금도 영역전이 치열하게 전개 중에 있습니다."

"그렇군. 대충 양 가문의 일은 알겠고, 길버트 플람베르에 대해서 듣고 싶군."

"길버트 플람베르는 플람베르 가문의 장자입니다. 하나 그 성격이 강직하고 다투기를 싫어해 스스로 후계자 자리를 버리고 군문에 투신했습니다."

"그가 길버트 프라우디르 백인대장이군."

"그렇습니다. 한데 갑자기 왜 그에 대해서……."

"지금 그를 만나고 오는 일이지."

"그가… 이곳에 있습니까?"

"임지로 부임하는 도중 기습을 받아 목숨이 경각에 달렸는데 지나가는 용병들에 의해 구함을 받았다는군."

"그렇습니까? 그것 참 공교롭군요."

얀센이 대화 속으로 뛰어들었다.

"보통 정찰을 한 번 다녀온 백인대장의 경우 한두 달의 말미를 주는 것이 관례인데 바로 임지로 부임시켰다……."

"그리고 그는 자신을 기습한 이들의 정체를 아는 것처럼 보이더군."

"혹시……."

"그 말은 없었어. 단지 친구가 필요하다고 하더군."

"친구 말입니까?"

"그래."

아론의 말에 얀센과 브라이언이 생각에 잠겨들었다. 그리고 먼저 생각에서 깨어난 것은 브라이언이었다.

"그는 복귀하기로 결정한 것입니다."

"다시 원래의 자리로 말이지?"

"그렇습니다."

"그것과 나와 친구 먹는 게 무슨 상관이지?"

"믿을 만한 사람이 필요한 것입니다."

"믿을 만한 사람?"

"그렇습니다. 그가 복귀를 결정했을 때 환영하는 사람은 별로 없을 것입니다. 있다 해도 그 세력이 지극히 적을 것이고 말입니다. 이런 상황에서 그가 선택할 수 있는 폭은 굉장히 좁습니다. 복귀한다 해도 자신의 생각을 펼칠 수 없을 테니 말입니다."

"흠. 그래서 가장 최근에 생사를 같이하고 적어도 배신할 것 같지 않은 나를 선택한 것이로군. 명분보다는 실리를 택한 것이지."

"그렇습니다. 짧은 기간 생사를 같이했습니다. 멀리 있는 친구보다는 가까이서 직접 경험한 대장을 더 믿을 것입니다. 그리고 그 저변에는 대장이 용병이라는 것도 끼어 있을 것입니다. 충분한 보상과 함께 뛰어난 실력이 있으니 말입니다."

"남에게 인정받는 것은 좋은데… 과연 내가 함께할 필요가 있나?"

"그건 모를 일이지요."

"뭐 처음부터 이것을 노린 것일 수도 있지 않수?"

뜬금없이 한마디 날리는 제라르. 그에 모두의 시선이 그에게로 향했다.

그냥 한마디 날린 것에 모두의 시선이 모이자 제라르는 당황해했다.

"왜, 왜 그런 눈으로……."

아론은 제라르의 말에 번개처럼 머리를 스쳐 지나가는 생각이 있었다. 하지만 너무나도 얽히고설켜 있어 제대로 길을 파악하기 어려웠다.

'체바로……'

그의 이름이 떠올랐다. 용병과는 전혀 어울리지 않는 호리호리하고 창백한 그의 모습이 말이다. 그에 아론의 입술 꼬리가 미미하게 움직였다.

'과연 네 생각대로 흘러갈지 한번 보자.'

그는 제라르의 말에 체바로의 계획을 꿰뚫어 볼 수 있었다.

CHAPTER 4
플람베르 가문

　다시 며칠의 시간이 흘렀다. 아론 일행은 여전히 체바로가 마련해 준 안가에서 두문불출했다. 그러는 동안 누군가가 그 안가를 찾았다. 바로 프라우디르 백인대장, 아니, 이제는 길버트 플람베르가 된 그였다.

　"오랜만이로군."

　"그래."

　둘은 담담하게 표정으로 마주 앉았다.

　"어떻게… 생각해 봤나?"

　"아직 결정을 내리지 못했어."

아론의 말에 플람베르는 무심하게 앞에 놓인 찻잔을 들어 올렸다. 이미 그럴 줄 알았다는 듯이 말이다.

자신의 앞에 있는 아론이라는 자는 그리 간단한 인물이 아니었다. 실력도 실력이거니와 전장을 꿰뚫어 보는 눈이 실로 대단했다.

"솔직하게 말을 하지. 도와줄 사람이 필요하네."

"도와줄 사람이라……. 가문으로 복귀하기로 결심한 건가?"

"역시 알고 있었군."

"모르는 것이 이상하지 않나?"

"하긴 그렇군."

고개를 주억거린 플람베르는 말없이 찻잔을 돌렸다. 무언가 말을 해야 할 것 같은데 그 말이 쉽게 나오지 않았다. 자신을 도와달라고 말은 했지만 앞에 있는 사람을 죽음으로 내모는 것 같아서였다.

"마음이 약하군."

그때 아론이 그의 그런 행동에 입을 열었다.

"마음이 약하다……. 그럴지도 모르지."

씁쓸하게 웃는 플람베르. 자주 듣던 말이다. 강단이 없어 혼란을 조장한다는 말.

아론이라는 자는 마치 자신이 살아온 삶을 꿰뚫고 있는 것처럼 보였다. 그는 어금니를 꽉 깨물었다.

"이제 결심이 섰나?"

"도와줘. 친구로서, 동료로서."

"난 용병이야. 기사 가문의 일원으로서 그것이 허용된다고 생각하나?"

"글쎄. 하면 자네에게 하나 묻겠네."

플람베르는 이미 아론을 자신의 친우처럼 대했다. 너무나도 허물없이 그를 대하고 있었다.

"얼마든지."

"이 시대에 진정한 기사가 있다고 생각하나?"

"진정한 기사라……. 어떤 의미인지 모를 질문이로군."

"약자를 돕고, 주군에게 충성하며, 전투를 임함에 있어 절대 물러서지 않을 기사 중의 기사 말이네."

"글쎄. 아직까지 그런 기사를 본 적은 없군. 내가 본 대부분의 기사는 권력을 잡고, 실력을 가지지 않음에도 스스로의 신분만 고집할 뿐이었으니까."

아론의 기사를 비하하는 말에도 불구하고 플람베르는 그럴 줄 알았다는 듯 고개를 주억거렸다. 기사에 대한 그런 발언이 전혀 문제되지 않는다는 듯이 말이다.

"나 또한 그리 여기네. 그래서 조금 바꿔볼까 하네."

"조금 바꾼다……. 어떻게?"

"진정한 기사가 있는 가문으로 말이지."

"꿈같은 이야기로군."

"꿈이 없다면 인간은 살아갈 이유가 없지."

"그렇긴 하지만 그 꿈이 실현 가능할까? 실현하지 못한다면 꿈이 아닌 공상으로 끝날 확률이 높지 않나?"

"그렇더라도 상관없지 않나? 누군가 진정한 기사도를 위해 노력했다면 그에 동조하는 또 다른 누군가 나타날 것이고, 내가 하지 못하더라도 내 이후에 계속 그리 된다면 진정한 기사도가 실현될 날이 올 수도 있겠지. 그것은 꿈이 아니라 희망이네."

"좋은 말이군. 그런데 내가 왜 거기에 동참해야 하는지 아직 모르겠군."

"내 친구가 될 테니까."

처음 망설이던 표정은 온데간데없고 자신만만한 얼굴이 되어 있었다. 반드시 아론이 자신을 도와줄 것을 확신이라도 하듯이 말이다.

"자신만만하군."

"자네에게 결코 나쁘지 않은 제안이니까."

"어떤 면에서?"

"이후 자네가 하고자 하는 일에 있어 나는 자네를 절대적으로 지지할 테니까. 자네가 반역을 저지른다 하더라도 말이지."

"위험한 발언이로군."

"그만큼 절박하니까."

"왜 그리 절박해졌나?"

아론의 말에 잠시 식어버린 찻잔을 들어 목을 축이는 플람베르였다.

"나는 형제와 싸우고 피를 흘리고 싶지 않았네."

"가지가 많은 나무는 바람 잘 날 없는 법이지."

"그렇더군. 나는 가만히 있고자 했으나 바람은 절대 나를 가만히 두지 않더군. 그들은 언제나 명분을 따졌고, 목적을 따졌으며, 이권을 따졌네. 나는 그것이 싫었지. 하지만 당면한 어려움은 피한다고 해서 피해지는 것이 아니더군."

"그런가?"

나직하게 동조하는 아론이다. 형식은 묻는 것이었지만 아론은 전적으로 플람베르의 말에 동조했다.

"그리고 이번에 동생이 보낸 자객에게 상처를 입고 죽음의 위기에 몰렸을 때 문득 떠오르는 것이 있더군."

"어떤 것인가?"

"이 악연의 고리를 끊고 싶다는 생각."

"조금 늦었군."

"머리가 아둔해서 말이지."

"내가 친구가 된다 해도 결코 큰 힘은 되지 못할 텐데? 겨우 나를 포함해 일곱 명이 전부야."

"글쎄, 난 그렇게 생각하지 않네. 자네는 드러내지 않고 있지만 이미 나의 경지를 뛰어넘는 무력을 가지고 있고 상황을 명쾌하고 정확하게 판단할 수 있는 능력이 있지."

"얼굴에 금칠을 하는군."

"아니. 이건 정확한 표현일세. 부디 나를 도와주게."

"친구로서 말인가?"

"친구로서."

그에 아론은 뚫어지게 플람베르를 바라봤다. 자신이 허락하지 않으면 결코 이 자리를 벗어날 생각이 없어 보였다.

"나는 가능하네. 하나 내 동료들은 자네의 친구가 아니니 모를 일이지."

아론의 말에 플람베르가 흰 이를 드러내며 웃었다. 그런 변명쯤은 그만두라는 듯이 말이다.

"변명치고는 조금 저급하군."

"들켰나?"

"자네는 거짓말에는 별로 능숙해 보이지 않거든."

"그건 생각지도 못한 단점이로군."

"승낙한 것으로 알겠네."

자신만만한 플람베르의 말에 고개를 들어 플람베르를 바라보던 아론이 돌연 밖을 향해 외쳤다.

"다 들었지?"

끼이익!

그에 안가의 문이 열리면서 여섯 사람이 들어왔다.

"들었수."

"나는 돕기로 했다."

"큰형님이 돕기로 했으면 우리도 당연히 도와야 하는 거유."

"죽을 수도 있다."

"언제는 안 그랬수. 검을 드는 순간 죽음은 언제나 함께하는 것 아니겠수. 어차피 큰형님 아니었으면 내 목숨은 회색의 숲에서 끝났을 테니까 말이우."

제라르의 말에 고개를 끄덕인 후 다른 이들에게 시선을 돌렸다. 그에 얀센은 어깨를 으쓱해 보였다.

"아무리 가벼운 용병들의 형님, 동생이라고 하지만 이 얀센 크라우프, 평생 그렇게 살지 않았소. 한 번 형님이면 죽을 때까지 형님이고, 형님의 지금 판단은 그리 나쁘지 않소. 나는 형님과 같은 의견이오."

얀센도 허락했다. 남은 것은 네 명의 용병들이다. 가장 먼저 브라이언이 입을 열었다.

"제라르의 말처럼 난 이미 대장이 아니었으면 죽었을 몸이오. 그리고 나는 대장에게 한 가닥 희망을 보고 있소. 그 희망이 무엇인지 대장도 잘 알고 있을 것이오. 그래서 나는 죽으나 사나 대장을 따를 것이오."

"두말하면 입 아프지 않겠소. 대장을 따를 거요."

모두 동의했다. 그에 아론은 플람베르를 보며 말했다.

"나에게서 플람베르 가문의 장자에 대우라든가 기사로서의 대우는 바라지 말게."

"애초에 그것을 바랐다면 난 자네와 계약을 했을 것이네."

"그래, 그렇겠지. 언제 출발할 텐가?"

"내일 당장."

"마음이 급한 모양이로군."

"급하네, 그것도 아주 많이. 아마도 내가 이곳을 나서는 순간 수없이 많은 적이 내 앞을 가로막을 것이네."

"처음부터 쉽지 않은 의뢰를 받았군."

"자네라면 그리 어렵지 않을 것이라 여기네."

"나를 너무 과대평가하는군."

"과대평가가 아니네. 회색의 숲에서 내가 살아 돌아올 수 있던 것은 바로 자네 때문이고, 결정적으로 자네를 친구로 인정할 수 있던 이유 역시 회색의 숲에서의 일을 겪은 이후이니까. 절대 과대평가가 아니네. 솔직히 나는 아직도 자네를 과소평가하고 있지 않을까 하고 생각하는 중이네."

"흠. 어쨌든 내일 출발하려면 준비할 것이 많겠군."

"촌장의 아들인 체바로가 많은 것을 준비해 주더군."

"흐음."

플람베르의 말에 턱을 쓰다듬던 아론이 말했다.

"어쩌면 지금의 상황은 그가 의도한 것이 아닌지 모르겠군."

"그럴 수도 있겠지. 하지만 결코 나쁘지 않은 선택이라고 보네. 나와 자네를 연결시킴으로써 플람베르 가문에 짐을 지울 수 있고 후일을 도모할 수도 있으니 말이네."

"여우처럼 영명하군."

"내가 보기에 그는 여우보다 더한 자이네. 이 우든 마을을 위해서라면 이보다 더한 일도 눈 하나 깜빡이지 않고 실행할 만한 사람이야."

"마치 모래알처럼 흩어져 있는 지금의 용병들에게는 꼭 필요한 사람이지."

"지금이야 그렇겠지."

"나중 일은 그때 가서 생각해 보면 되겠지."

"그럼 내일 보지."

플람베르는 자신이 얻고자 하는 것을 모두 얻었다. 우든 마을에 있는 용병들의 지원은 받지 못했지만 자신의 눈으로 직접 실력을 확인한 세 용병을 얻었으니 오히려 몇 십의 용병을 얻는 것보다 더한 성과라 할 수 있었다.

"한데 형님, 꼭 플람베르를 따라나서야 할 필요가 있소?"

얀센이 의문이 든다는 듯 물었다.

"언제까지 체바로가 우리를 안가에 둘 수 있다고 생각하나?

그가 우리를 환대한 것은 그만큼 활용할 가치가 있기 때문일 것이다. 체바로의 입장에서는 우리는 같은 용병이 아닌 그저 뜨내기일 뿐이야. 그러니 그 효용도가 떨어지면 적당한 이익을 얻고 우릴 버릴 것은 보지 않아도 뻔한 일이다."

아론은 명석해진 머리로 자신을 따르는 이들이 알아듣기 쉽게 풀어서 담담하게 답을 해주고 있었다.

"아마도 체바로의 정보력이라면 길버트 플람베르 가문의 장자를 구할 때부터 이미 계획이 시작되었던 것일지도 모른다."

*　　　*　　　*

"실패했다?"

"그, 그렇습니다."

"두 번 다?"

"그렇습니다."

"허어~"

허탈감이 묻어나는 나직한 탄식이 흘러나왔다. 그리고 그 허탈감은 이내 분노로 바뀌기 시작했다.

"원인은?"

싸늘한 목소리가 흘러나왔다.

"아직……."

"파악하지 못했다?"

"죄, 죄송합니다."

"그까짓 익스퍼트 하급의 용병 몇 제거하는데 두 번이나 실패했다?"

"……."

의자에 앉아 상체를 깊숙하게 묻은 자의 물음에 그의 앞에 부동자세로 서 있는 자는 복면을 했음에도 불구하고 마른침을 삼키는 목울대의 쿨렁거림이 선명하게 보일 정도로 긴장하고 있었다.

"완벽하게 파악하지 못한 것인가, 아니면……."

"정보가 없습니다."

"정보가 없어? 그 말은 단 한 명도 살아 돌아오지 못했다는 것이로군."

"그렇습니다."

"흠……."

"등급을 올려. 옐로우 등급으로."

"알겠습니다."

"그리고 그들의 행적은 파악했나?"

"최종적으로 우든 마을 체바로와의 만남까지입니다."

"그 이후는?"

"추측이기는 하지만 체바로가 그들을 안가로 들인 듯합니다."

"흠. 우든 마을의 용병으로 받아들이지 않고?"

"그렇습니다."

탁, 탁.

의자에 상체를 묻은 자는 손가락 끝으로 책상을 톡톡 두드렸다. 적막이 감도는 가운데 오로지 그 소리만 들려오며 적막을 깰 뿐이다.

"다른 곳으로 활용할 모양이로군."

"아마… 플람베르 가문의 장자를 호위하는 데 사용하지 않을까 합니다."

"아! 플람베르 가문의 장자도 그가 보호하고 있다고 했지?"

"그렇습니다."

"쯧. 의뢰 받은 두 개 모두 실패로 돌아갔군."

그에 부동자세로 서 있던 자의 목젖이 다시 쿨렁거렸다. 서 있는 자와 앉아 있는 자의 시선이 부딪쳤다. 앉아 있는 자의 얼굴에 새하얀 웃음이 떠올렸다.

"기, 기회를……."

스각!

무언가 베이는 소리가 들려왔다. 그리고 서 있는 자의 신체가 힘없이 무너져 내렸다. 무표정하게 그 모습을 지켜보며 앉아 있던 자. 그가 입을 열었다.

"치워."

그에 죽은 자의 시체가 바닥으로 빨려들 듯이 사라졌다.

"들어와."

그의 말을 따라 한 명의 흑의복면인이 그의 앞에 부복했다.

"부르셨습니까?"

"이미 모두 알고 있겠지?"

"그렇습니다."

"네가 해야 할 일도?"

"그렇습니다."

"가서 목을 가져와."

"명을 따릅니다."

한 줄기의 바람이 불어오고, 어둠 가득한 실내를 밝히던 촛불이 꺼졌다. 다시 암흑천지가 되었다.

＊　　　＊　　　＊

"1공자가 돌아온다고 합니다."

콰앙!

그 말에 책상을 거칠게 내려치는 소음이 들려왔다.

방 안에는 세 명의 사내가 있었다. 고풍스러운 책상 앞에서 분노한 눈빛을 하고 있는 사내 한 명과 풀 플레이트 메일을 착용하고 있는 자, 그리고 냉정하면서도 새하얀 얼굴을 한 전형적인 문관 귀족 한 명이다.

책상 앞에서 분노한 눈빛으로 스스로 화를 삭이고 있는 자는 플람베르 가문의 차자이자 가장 강력한 후계 후보에 있는 젤루스 플람베르였다. 그리고 헬름을 옆구리에 낀 채 하늘의 문을 지키고 있는 신장처럼 서 있는 자는 그의 호위기사단장인 크리세프 네이든이었다.

또한 분노한 플람베르 이공자의 앞에서도 냉정한 표정을 짓고 있는 자는 그의 두뇌라 할 수 있는 참모장 기요틴 맥그로우였다.

"후우~"

털썩!

한참을 분을 삭이지 못해 이리저리 움직이던 젤루스 2공자가 의자에 털썩 주저앉았다.

"어찌했으면 좋겠나?"

"이미 붉은 달에서는 책임을 지겠다는 전언을 보내왔습니다."

"당연하지. 그렇지 않으면 붉은 달이 아니게 될 테니까."

"그건 그렇고, 우리가 해야 할 일이 문제겠지."

"만약을 대비해야 합니다."

"만약? 만약이라는 말은 무슨 의미인가?"

"1공자가 가문에 돌아왔을 때입니다."

"……."

젤루스 2공자는 맥그로우 참모장을 매섭게 노려보았다.

"그들이 실패할 수 있다고 보는 건가?"

"이미 한 번 실패했습니다."

"그렇군. 이 소식이 그 여우같은 늙은이들에게 전해졌을 까?"

"아마도 이곳으로 오고 있지 않겠습니까?"

맥그로우 참모장의 말이 끝나기가 무섭게 젤루스 2공자의 집무실 문이 열리면서 여섯 명의 인물이 들어섰다. 그에 방금 전까지 경멸하는 표정을 지어 보이던 젤루스 2공자는 아무 일도 없었다는 듯이 밝은 표정으로 자리에서 일어나 그들을 맞이했다.

"오~ 이거 가주님들과 원로들께서 이곳엔 웬일이십니까?"

"허허, 그동안 조금 소원했지 않습니까?"

"그렇긴 하지요. 자자, 앉으세요."

그러면서 자리를 권하는 젤루스 2공자였다. 젤루스 2공자는 그 한 사람 한 사람과 눈을 마주쳤다. 방계의 후루시초프 가문의 가주, 쉐이드 가문의 가주, 스트로베스 가문의 가주와 체스터 나인 2원로, 아놀드 앨런 3원로, 그리고 필리페 아란테

스 7원로였다.

"듣자 하니 스스로 가문을 버린 탕아가 다시 돌아온다는 말이 있습니다."

"저도 방금 들었습니다."

"어찌하실 요량이십니까?"

앨런 2원로가 조심스럽게 물었다.

여기에 있는 이들은 1공자의 광명정대한 성격을 집요하게 공격하여 스스로 가문을 떠나게 만든 주동자들이고, 플람베르 가문에서 가장 큰 세력을 이끌어낸 실질적인 사람들이었으니 그가 다시 돌아온다고 하자 일말의 불안감에 이렇게 단체로 2공자를 찾아온 것이었다.

'망할 노인네들. 몰려온다고 별다른 방법이 있을 것 같은가?'

하나 젤루스 2공자는 웃는 낯으로 입을 열었다.

"돌아온다 해서 달라질 것이 있겠습니까?"

"그건… 그렇군."

"그에게는 아무것도 없습니다. 세력도 사람도 말입니다. 또한 그는 그동안 가문에 끼친 악영향을 상쇄할 정도의 큰 공을 세우지 않으면 절대 후계자의 자리에 오를 수 없을 것입니다. 그리고 결정적으로 부친께서 아직 정정하시다는 것입니다. 조부님도요."

"그렇군요. 우리가 그것을 생각하지 못했군요."

"아니, 이해합니다. 이왕 오셨는데 앞으로의 대책을 의논하심이 옳을 듯하군요."

"그렇게 하지요."

그들은 2공자의 집무실의 문을 열고 들어올 때의 불안감은 씻은 듯이 사라진 얼굴로 환하게 답했다. 그런 그들을 보며 득의한 미소를 떠올리는 2공자였다. 또한 2공자의 뒤에 있던 맥그로우 참모장 역시 다르지 않은 미소를 떠올리고 있었다.

'이들은 도망갈 수 없다. 도망가기에는 너무 깊숙하게 발을 묻었으니까.'

*　　　*　　　*

"끄으윽!"

가슴에 검붉은 달이 그려진 흑의복면인이 목 줄기를 잡힌 채 괴로워하고 있었다.

"우직!"

하지만 이내 우악스러운 손에 의해 목뼈가 부러져 비명도 지르지 못한 채 죽었다. 그리고 그 우악스러운 손은 마치 쓰레기 버리듯 축 늘어진 흑의복면인을 던졌다.

털썩!

맥없이 훌훌 날려가 바위에 부딪쳐서야 겨우 멈춘 시체.

"마지막인가?"

"그렇습니다."

"다친 사람은?"

"큰형님께 경을 치려고 다치겠소."

이들은 다름 아닌 길버트 1공자와 아론 일행이었다.

"몇 번째지?"

"세 번쨉니다."

"꽤나 신경을 썼나 보군."

아론의 말에 플레일과 방패를 버리고 플람베르 가문의 전형적인 검술인 쌍검술을 위해 장검 두 자루를 꺼내 든 길버트 1공자가 검에 묻은 피를 털어내며 아론에게 다가왔다.

"이거 생각보다 어려울 수도 있겠군."

"이 정도면 괜찮아. 훌륭한 수련 대상이니까."

아론은 길버트 1공자의 말에 덤덤하게 답했다. 그에 길버트 1공자는 피식 웃으며 고개를 주억거렸다.

"그래서 실력은 좀 늘었나?"

"눈이 안 좋은 모양이로군. 저들은 이미 완숙의 경지에 들었어."

턱으로 일행인 여섯 명을 가리키며 아론이 답했다. 그들은 큰 구덩이를 파고 사체를 구덩이에 던져 넣고 있었다. 그래도 사람인지라 짐승의 밥으로 전락하는 것을 막으려는 것이다.

"확실히 출발할 때보다는 어색한 점이 많이 사라졌더군."

"실전은 가장 훌륭한 훈련 방법 중 하나이지."

"본가에 도착해서도 지겹도록 싸울 텐데."

"강해지기 위해서라면 그보다 더한 일도 할 이들이네. 기나긴 세월을 보상 받기 위해서는 악마에 영혼을 파는 것을 제외하고는 하지 못할 일이 없지."

"그 정도인가?"

"용병 생활을 해봤나?"

"그야……."

"안 해봤으면 말을 하지 말아."

"끄응. 어쨌든 오늘도 노숙을 해야 할 것 같군."

"노숙이야 당연한 일이지. 일단 이곳을 벗어나야 할 것 같군."

"그래야겠지."

"마이크, 자리 좀 봐."

그에 아론은 시체를 묻는 작업을 하는 일행 중 마이크를 불러 길잡이를 시켰다. 그는 추적의 달인이었다. 한마디로 어디를 가나 그는 정찰에 특화된 인물이라 할 수 있었다.

그는 그 능력을 십분 활용하여 노숙할 수 있는 가장 안전한 곳을 찾았다. 우든 마을을 떠난 지 보름. 그동안 이들은 총 세 번의 습격을 당했다. 실버 문은 오늘이 처음이고, 앞서 두 번은 흑의복면이기는 했지만 실버 문은 아니었다.

신분을 속이려고 복장을 통일시키기는 했지만 분명히 그들은 고용된 용병들이었다. 브라이언이 추측하기를 그들은 삼대 용병 마을 중 토툰 마을을 형성하고 있는 데드 블러드 소속의 용병이 아닐까 했다.

충분히 가능성 있는 추측이기에 아론이나 길버트 1공자도 내심 그들이라고 확정하고 있었다. 그렇게 보름을 지내는 동안 길버트 1공자는 아론 일행에 대한 자신의 생각을 다시 한 번 바꿔야만 했다.

가장 먼저 아론이었다.

'그는 나와 비슷한 수준이 아니라 이미 나를 뛰어넘고 있다. 최소한 그는 마스터이다.'

그랬다. 자신과 비슷하거나 한 단계 우위일 것이라 한 처음 생각을 바꿀 수밖에 없었다. 그리고 그 일행에 대해서도 생각을 바꿔야만 했다. 이미 그들 전원이 익스퍼트의 용병이라는 것을 모르지는 않았다.

하지만 그 실력 면에서는 상당한 의구심을 가지고 있었다. 하나 세 번의 기습을 받는 동안 그들은 조금씩 달라지고 있었다. 또한 보통의 기사들이나 용병들처럼 자신의 무기에 마나를 줄기줄기 시전해 마나를 남용하지도 않았다.

딱 필요한 순간, 그러니까 적을 베거나 찌르는 그 순간만 마나를 활용했다.

그 이전에 조금씩 자신의 신체에 마나를 돌려 민첩함과 힘을 극대화시켰다. 자연히 겨우 하급에 해당하는 이들마저도 한 시간이 넘도록 드잡이를 해도 전혀 피곤해하거나 제풀에 지쳐 쓰러지는 경우가 없었다.

아니, 오히려 더욱 팔팔해졌다. 그들은 점점 완숙의 경지로 접어들고 있었다. 제라르나 얀센은 완벽한 중급으로 언제 상급으로 치고 올라가도 모자라지 않을 정도였고, 나머지 일행 역시 마나의 양만 확보된다면 중급에 오를 수 있었다.

'실로 놀랍지 않은가? 마나를 마법사보다 더 세심하게 사용하는 검사라니.'

가장 놀라운 점은 바로 그것이었다. 해서 그도 따라해 보았지만 쉽지가 않았다. 자신은 이미 오랜 세월 동안 검술을 단련하면서 정형화되어 버린 것이다. 오랜 습관을 버리는 것은 정말 힘든 일이라 할 수 있었다.

하지만 길버트 1공자는 결코 포기하지 않았다. 마나를 세밀하게 다루는 그 과정과 오랜 습관을 고치는 것은 진정으로 힘든 일이었다.

플람베르 가문을 다른 가문에서는 불의 가문이라 부른다.

불과 같이 활활 타오르는 힘으로 적을 찍어 누르는 검술 때문이다. 그래서 플람베르 가문의 검에서는 은은한 붉은색의 오러가 맺혔다.

플람베르 가문의 가주인 이그니스 플람베르는 마스터로서 3미터에 달하는 활활 타오르는 오러 블레이드로 유명했다.

하지만 마나를 사용하는 방법이 달라지니 그의 검술 역시 달라졌다. 불같이 단번에 모든 것을 태워 버리는 것이 아니라 용암처럼 끈적이고 불보다 뜨거웠으며, 고질적인 문제이던 마나의 공급이 끊기고 심한 경우에는 혈관을 태우는 부작용이 사라졌다.

끊임없이 이어지는 용암의 뜨거운 기운. 얼마든지 하루 종일 마나를 사용해도 지치지 않았다.

"고맙다는 말을 해야 할 것 같군."

모두가 잠든 시각. 길버트 1공자와 아론만이 남아 타닥거리며 타오르는 불꽃을 보며 길버트 1공자가 먼저 입을 열었다. 길버트 1공자의 뜬금없는 말에 무슨 말인지 몰라 그를 빤히 바라보는 아론.

"우선 나를 친구로 받아준 것에 대해서."

길버트의 말에 아론은 별것을 다 고맙다고 한다는 듯 타오르는 모닥불을 바라보며 말했다.

"에퀘스 성역의 두 번째를 차지하는 가문의 1공자를 친구로 두었으니 내가 더 고마운 일이지 않나?"

"허울뿐이지."

"허울뿐일지라도 그 허울에 사람들은 열광하고 추종하며 목숨을 버리지."

"그도 그렇군. 그리고 두 번째는 가문의 고질적인 문제를 해결해 줘서 고맙군."

"나는 가르쳐 준 적 없다."

아론의 말에 길버트는 피식 웃었다. 뻔히 보이는데 가르쳐 준 적 없단다. 자신 앞에서 의동생이나 수하들에게 들으라는 듯 말했으면서도 본인의 공이 아니란다. 그에 길버트는 허허롭게 웃었다.

"그래? 그럼 나 혼자만의 착각이었나?"

"그럴 수도 있겠지."

끝까지 자신의 공을 인정하지 않는 아론이다. 그에 길버트는 고개를 끄덕였다.

"내가 친구 하나는 잘 뒀군. 진정한 친구를 뒀어."

"친구란 그런 것 아닌가?"

"글쎄? 난 경쟁자는 있었어도 친구는 없어서 말이지."

"흠. 성역의 일곱 좌는 언제나 서로를 견제하기는 하지만 나름 법도가 있어 왕래가 잦다고 하던데, 그것 역시 그저 말하기 좋아하는 사람들이 씨불이는 것이던가?"

"물론 왕래를 하고 형제를 맺기도 하며 친구가 되기도 하지. 하지만 진정으로 아무런 사심 없이 친구가 된다는 것은 있을 수 없지. 그 일곱 가문은 때로는 동지가 되기도 하지만 때로는 적이 되어 상대를 잡아먹지 못해 안달하니까."

"힘들게 살았군."

"그것이 싫어서 가문을 나왔지."

"되지도 않은 낭만을 부렸군."

"그렇지. 현실을 인정하기엔 나는 너무 온실 속의 화초와 같은 존재였지."

"그런데 왜 복귀할 생각을 한 거지?"

"회색의 숲을 다녀오고, 동부군 사령관의 의도에 의해 버림받고, 동생에게 목숨을 위협받고 나니 알겠더군. 운명이라는 것은 피한다고 해서 피할 수 있는 것이 아니라는 것을 말이야."

길버트의 말에 모닥불을 향해 있던 아론의 시선이 그에게로 향했다. 잠시 그를 바라본 아론은 다시 시선을 모닥불에 두고 입을 열었다.

"이제 겨우 어른이 되었군."

"하하, 그런가? 나이 서른 후반에 어른이라……. 그나마 더 늦지 않아서 다행이로군."

"그렇지. 더 늦었다면 너를 믿는 사람은 더 고통스러웠을 테니까."

"나를 믿는 사람? 과연 나를 믿을 사람이 있을까? 심약하여 그 무거운 중압감을 견뎌내지 못하고 뛰쳐나온 나를?"

"어찌 되었거나 너는 플람베르 가문의 1공자다. 플람베르 가문의 가주가 너를 파문하지 않는 이상 말이다."

"그렇지."

"너는 아직 파문당하지 않았으니 플람베르 가문의 1공자다. 그리고 너를 기다리는 사람이 있을 것이다. 언젠가는 방황을 멈추고 돌아올 너를 말이다."

"하지만 쉽지는 않겠지?"

"한 번 무너진 신뢰를 쉽게 회복한다는 것 자체가 말이 안 되는 것이지. 네가 자초한 일이니 스스로 풀고 쌓아 올려야 한다. 나는 네가 다시 시작할 작은 기초를 만들어줄 뿐이다."

"거기에 나에게 짐을 지우고 말이지."

"짐이라고 생각하면 짐이겠지."

"그런가? 어쨌든 든든한 친구가 있어서 다행이로군."

"다만……."

"다만?"

"괴물이 되지 말아라."

"괴물?"

"힘에 취해서, 권력에 물들어서 먹히지 마라. 끝까지 너로서만 존재해라. 그렇지 않다면 내가 너를 용서할 수 없을지도 모른다. 친구로서 기꺼이 괴물이 된 너를 죽일지도 모른다."

"그것 참 고마운 일이로군. 누군가 내가 올바른 길로 갈 수 있도록 쓴소리를 해준다는데 어찌 고맙지 않을까? 권력과 힘을 두려워하지 않는 친구가 과연 얼마나 될까? 나는 서른여덟 해를 살아 겨우 평생을 같이할 친구 한 명을 얻었구나."

길버트는 어두운 야공을 바라보며 웃었다. 지금의 상황이 진정으로 기껍다는 듯이 말이다. 그런 길버트를 보며 아론은 나직하게 독백처럼 말했다.

"제 목을 베겠다는데 저렇게 좋을까? 내가 정신이 제대로 박힌 친구를 둔 건지 아니면 좀 정신이 이상하게 된 놈을 친구로 둔 건지 모르겠군."

나직하게 한숨을 내쉬며 고개를 절레절레 젓는 아론이었다. 그러다 그의 눈이 날카롭게 변했다. 그러고는 모닥불을 뒤적이던 부지깽이로 잠들어 있는 얀센을 툭툭 쳤다. 그에 얀센이 금방을 눈을 떠 아론과 시선을 맞췄다.

그에 길버트도 신중한 눈빛이 되었고, 잠들어 있던 아론의 일행이 잠에서 깨어나며 몸을 뒤척였다.

"적인가?"

"이번에는 조금 많다."

"아따, 새끼들, 쉴 틈을 안 주네."

제라르가 투덜거리면서 쌍수대검을 뽑아 들었다.

"붉은 달은 아닌 듯하군."

"새로운 놈들인가?"

모두 무기를 챙겨 자리에서 일어날 즈음 어둠 속에서 그들을 노리던 일단의 무리가 모습을 드러냈다.

얼굴에 검은 복면을 쓴 자들이었다. 그 복면인들이 나타나자 길버트의 얼굴이 딱딱하게 굳었다.

"후루시초프 가문인가?"

"그렇소."

고개를 끄덕여 인정하는 복면인. 얼굴을 가리기는 했지만 왼쪽 가슴에 있는 후루시초프 가문의 망치와 방패 표시를 감추지 않았기 때문에 길버트는 바로 그들을 알아볼 수 있었다.

그들은 지금 길버트를 제거할 수 있다고 확신한 상태였다. 절대 자신들이 어찌 될 것이라 생각하지 않은 자신감의 표현이라 할 수 있었다.

"굳이 복면까지 할 필요가 있던가?"

"그래도 예의상 그래야 하지 않겠소? 우리도 이러는 것이 결코 마음 편치 않은 데다 정당하지 못함을 알고 있으니 말이오."

"허어~ 그러한가? 나를 제거하기 위해 후루시초프 가문에서 꽤 많은 인원을 동원했군."

"썩어도 준치라고, 과거 플람베르 가문의 후계자이던 공자 아니겠소? 이 정도는 적당하다고 생각하오."

"나만을 위해 준비한 것인가?"

자신과 아론 일행을 포위하고 있는 수없이 많은 이들을 둘러보며 길버트가 물었다.

"그렇다고 할 수 있소."

복면인의 말에 길버트는 흰 이를 드러내며 웃었다.

"무엇이 그리 우습소?"

"그대들이 불쌍하기 때문이다."

"우리가 불쌍하다? 상황이 안 좋으니 머리가 어떻게 된 것 아니오?"

"아하하하, 과거 내 앞에서 감히 그런 말을 한 자들은 없었지."

"과거는 과거일 뿐, 지금 대공자는 그저 가문을 버린 탕아일 뿐이오."

"그렇기는 하지. 하지만 말이야, 그대들은 아주 큰 잘못을 범하고 있어."

"큰 잘못? 대공자를 죽인다는 것 말이오?"

"아니, 이 일행 중에 나를 가장 강하다고 생각하는 것."

길버트의 말에 슬쩍 그의 뒤에서 긴장감 없이 서 있는 일곱 명을 바라본 복면인의 복면이 움직였다. 마치 비웃는 것처럼 말이다.

"용병 나부랭이를 믿는 것이오?"

"맞아, 맞아. 용병 나부랭이지. 그런데 말이야, 오늘 그 용병 나부랭이가 얼마나 무서운 사람들인지 알게 될 거야. 아니면 땅을 치고 후회하든지, 아니, 그럴 수 없으려나? 이곳에 온 자들 중 살아서 갈 수 있는 자가 없을 테니까."

"그렇소? 그럼 한번 봅시다."

복면인의 말이 떨어지기가 무섭게 길버트와 알론 일행을 포위하고 있던 이들이 움직였다.

정통 기사 가문의 검술을 배운 이들이었다. 비록 방계이기는 하지만 그 실력이 일반 용병들과 비견할 일은 절대 아니었다.

그들은 소리도 없이 움직였다. 일체의 잡음과 군더더기 없이 움직이는 그들. 그런 그들을 바라보며 히죽 웃어준 아론 일행. 그 순간 그들 역시 움직였다.

난전에는 용병이다. 순간순간의 대응이 정예 검수보다 월등하다.

하지만 정식 결투에서는 약하다. 그리고 시간이 지날수록 정순하지 못한 마나를 가진 용병들이 불리할 수밖에 없었다.

하지만 얀센을 비롯한 여섯 명의 용병은 달랐다. 난전과 임기응변에 강한 용병 특유의 장점과 함께 아론에게 전수받은 정순하기 그지없는 마나 호흡법으로 인해 여느 기사 못지않은 실력을 지니고 있었다.

그리고 그들을 포위한 자들은 그들과 무기를 맞대는 순간 그것을 깨달을 수 있었다.

"크흐윽!"

"꺼억!"

순식간에 몇 명의 복면인이 죽어나갔다.

"조심해!"

"강한 놈들이다!"

몇 명의 동료를 잃고 나서야 경각심을 갖는 복면인들. 그 순간 자신만만하던 복면인들을 이끄는 자가 조금 놀란 눈동자를 해 보였다.

"놀랐나?"

"놀랍기는 하구려."

솔직히 심장이 튀어나올 뻔했다. 아주 가볍게 부딪친 것 같았다. 그런데 수하로 대동한 몇 십이 제대로 상대도 해보지 못하고 죽어나갔으니 당연했다. 하지만 이내 안정을 찾았다.

'네놈들이 아무리 날고뛰는 재주가 있다고는 하나 정통 검술을 이은 가문을 어찌할 수는 없지.'

결국 그런 결론에 도달하고 우두머리 복면인이 입을 열었다.

"한 놈도 살려두지 마라!"

"명!"

명이 떨어진 것과 동시에 복면인들이 움직였다. 하지만 길버트와 아론은 움직이지 않았다. 그에 길버트가 아론을 바라보며 말했다.

"저놈은 내 몫인 거 알지?"

"남의 밥상에 포크 얹을 정도로 무식하진 않다."

"내가 친구는 잘 뒀군."

길버트가 그 말을 내뱉기 전에 이미 아론의 신형은 그의 시야에서 사라지고 없었다. 그가 사라졌다 싶은 그 순간, 그의 신형은 복면인의 한가운데 모습을 드러내며 글레이브를 휘두르고 있었다.

"커허억!"

그리고 이어지는 처절한 비명 소리. 피분수가 일어나며 수명의 복면인이 죽임을 당했다. 너무나도 순식간의 일이라 복면인들은 멍하니 그저 바라보고 있을 뿐이었다. 하지만 그 순간에도 아론의 글레이브는 쉬지 않았다.

그것을 시작으로 여섯 명의 용병이 움직였다. 그들의 움직임은 기민했다. 복면인들 역시 움직였다. 그들이 서로를 향해 부딪쳐 갔고, 결과는 금세 나타났다. 사방으로 핏물을 흘리며 죽어가는 복면인들.

"저, 저럴 수가……!"

"내가 말하지 않았는가? 실수하는 것이라고."

경악성을 지르는 복면인을 보며 길버트가 무심하게 말했다. 그에 복면인이 떨리는 눈으로 그를 바라봤다.

"그렇다고 해도 달라질 것은 없소."

"아니, 달라진다. 저들은 강하니까."

"1백의 검수들이오."

"1백이든 2백이든 상관없지. 후루시초프 가문은 판단을 잘못했어. 안타깝지만 어쩔 수 없지."

그러면서 두 자루의 쌍검을 늘어뜨리는 길버트였다.

"어디 한번 보겠소. 죽을 처지에도 그런 말을 할 수 있을지."

"글쎄, 누가 죽을지는 모를 일이지."

"죽엇!"

어느새 복면인은 장검에 붉은 오러를 시전한 채 길버트를 향해 쇄도하고 있었다. 하지만 길버트는 여유작작했다.

"내가 최근에 깨달은 것이 있는데 말이지, 그렇게 검에 마나를 줄줄이 흘리는 것은 참으로 멍청한 짓이라는 것이지."

"말 같잖은 소리."

쐐에에엑!

공기를 찢으며 날카로운 파공음이 날아들었다.

혼들.

복면인의 검이 그의 검을 꿰뚫으려는 찰나 길버트의 신형이 흔들렸고, 그가 있어야 할 곳에는 아무것도 존재하지 않았다.

"흡!"

놀란 복면인은 빠르게 신형을 돌리며 자신의 전신을 옥죄며 다가오는 한 줄기 붉은 기운을 막아갔다.

채에엥!

날카로운 소리가 들려왔다. 순간 복면인은 자신의 장검을 통해 파고드는 뜨거운 기운을 감당하지 못하고 하마터면 손을 놓을 뻔했다. 심장이 튀어 나올 만큼 놀랐다. 아무리 방계라고는 하지만 불의 가문의 한 축을 담당하는 후루시초프 가문의 검술이다.

그런데 뜨거움으로 인해 장검을 놓으려 하다니.

'말도 안 돼!'

그리고 그런 그의 심정을 알기라도 하듯 길버트의 음성이 그의 귀를 강타했다.

"말이 안 된다고 생각하겠지? 불보다 강한 화산 용암의 뜨거움을 알지 못하고는 감히 불의 가문이라 말하지 말라."

쉬아악!

"큭!"

치이이익!

날카로운 소리와 함께 한 자루의 검이 복면인의 옆구리를 훑고 지나갔다. 피부가 쩍 갈라지며 살갗이 녹아 내렸고, 내장이 익어가는 느낌을 받았다. 순간적으로 아찔해진 복면인은 검격을 피하기 위해 몸을 놀렸다.

하나 이미 완벽하게 기세가 눌렸고, 상상조차 할 수 없는 고통에 그의 신형은 느려질 대로 느려진 상태. 그런 상대를 두고 결코 방심하지 않은 길버트의 두 번째 공격이 연속으로 파고들었다.

허벅지가 베이고, 발목이 베이고, 복부가 베이고, 팔목이 베이고 어깨가 베였다. 그리고 마지막으로 복면인은 자신의 목에 화끈한 통증이 전해짐을 느꼈다.

치이이익!

무언가 말을 하려 했다. 하지만 말을 할 수 없었다. 이미 목이 잘리며 모든 것이 익어버렸기 때문이다. 불어오는 바람조차 이기지 못하고 쓰러지는 복면인. 하지만 길버트의 신형은 이미 그곳에 있지 않았다.

그 역시 이미 절반 이상 절단이 난 복면인들 속으로 뛰어들었다. 여덟 명은 양 떼 속에 뛰어든 늑대와 같았다. 한 번의 손짓에 한 명의 복면인이 죽어갔고, 두 번의 움직임에 두세 명의 복면인이 목숨을 잃었다.

"퇴, 퇴각하라!"

누군가 외쳤다. 하나 그 누구도 그의 말을 이행할 수 없었다. 여덟 명이 여덟 방위를 점하며 30여 명 남짓 남은 복면인들을 포위했기 때문이다. 겨우 여덟 명이 말이다. 단 한 명의 복면인도 그 자리를 벗어날 수 없었다.

CHAPTER 5

혈로 I

"저들인가?"

라이벡 우드가 한눈에 내려다보이는 회색 바위가 있는 곳에 흑의복면에 오른쪽 가슴에 붉은 달이 새겨진 일단의 무리가 있었다. 그중 다른 이들보다 조금은 더 짙은 흑의복면과 소매에 가는 검붉은 실선 열 개가 새겨져 있는 옷을 입은 이가 나직하게 물었다.

"그렇습니다."

"실력이 좋군."

"그렇다 해도 이번만큼은 달라질 것이 없을 것입니다."

"물론 그래야겠지. 그리고 저들을 노리는 몇 개의 무리가 더 있다고?"

"그렇습니다."

"알아봤나?"

"데드 블러드와 쉐이드 가문입니다."

"그렇군."

고개를 끄덕이는 흑의복면인. 그는 한참 동안 아래를 내려다보다 다시 입을 열었다.

"데드 블러드와 쉐이드 가문에 먼저 기회를 주도록 하지."

"하지만……."

"물론 마지막은 우리가 장식한다."

"명을 따릅니다."

*   *   *

조심스럽게 산행을 이어가던 아론 일행이 걸음을 멈췄다.

"꽤 많군."

나직하게 입을 여는 아론에 길버트 1공자 역시 고개를 끄덕이며 쌍검을 꺼내 들었다. 나머지 일행 역시 피부를 따끔따끔하게 할 정도의 살기에 각자의 무기를 꺼내 들었다.

은신해 있기는 했지만 자신들을 노리는 적은 굳이 신분을 숨길 생각이 없어 보였다.

아론과 길버트 1공자를 제외하고 모두 원진을 형성하는 일행. 그들이 전투 준비를 마쳤을 때 울창한 숲 저편에서 한 명의 사내가 걸어 나왔다. 그자는 아예 복면조차 하지 않고 있었다.

이미 자신들의 존재가 드러났음을 인지했는지 오히려 잘됐다는 표정이었다. 그에 제라르가 물었다.

"데드 블러든가?"

"우리가 그렇게 유명했나? 이거 영광이군."

회색 눈동자가 입술을 기괴하게 비틀며 말했다. 그에 브라이언과 얀센의 얼굴이 살짝 굳었다.

"그레이 해머 굼튼가?"

"호오~ 날 아는 놈이 있나?"

"알지. 그것도 아주 잘 알지. 그 워 해머에 죽은 어린애가 한둘이 아님을 말이야."

브라이언이 이죽거렸다. 그에 살짝 눈살을 찌푸리는 굼트. 하지만 이내 혀로 입술을 핥았다.

"야들야들한 놈들을 죽여야 더 재미있거든."

"미친 새끼."

"크큭! 그래, 난 미친 새끼지. 그런데 그 미친 새끼한테 맞아 죽으면 어떨지 모르겠네?"

사뭇 앞으로 일어날 일이 기대된다는 듯 말하는 굼트. 그동안 아론은 자신들을 포위한 이들을 바라봤다.

"피라미들이군."

"수는 많은데 별거 아니군."

아론과 길버트가 동시에 말했다. 자신들을 무시하는 듯한 소리를 하자 데드 블러드의 용병들의 얼굴에 살기 어린 모습이 떠올랐다. 비록 수로 압박하고 있기는 하지만 겨우 여덟 명밖에 되지 않는 놈들에게 비웃음을 당하는 것이 영 마뜩잖다는 표정을 지어 보였다.

"그래, 그래. 그런 피라미한테 한번 죽어봐라. 뭣들 해? 공격해! 아주 잘근잘근 다져라."

"으흐흐흐, 그 말을 기다렸수."

그러면서 데드 블러드의 용병들이 포위망을 좁혔고, 성급한 몇몇이 원거리에서 손도끼와 비수를 던졌다.

"이 정도로 다치면 안 되는 거 알지?"

"그걸 말이라고."

하지만 아론 일행은 여유로웠다. 물론 말과는 달리 그들은 이미 움직이고 있었다. 사방으로 흩어지는 그들.

"일정 간격을 유지한다!"

아론이 외쳤다. 그에 사방으로 흩어지면서도 일정 거리 이상은 절대 벗어나지 않는 그들이다.

"시간과 힘을 절약해야겠군."

아론의 말에 무겁게 고개를 끄덕이는 길버트 1공자. 그 역시 이 인원이 전부가 아님을 느끼고 있었다. 마치 라이벡 우드 전체가 거대한 함정과 같은 느낌이 들었기 때문이다.

"적어도 세 개의 세력이 우리를 포위했군. 생각보다 자네가 대단하다는 증거인가?"

아론의 말에 피식 웃는 길버트 1공자.

"이런 환대는 사양하고 싶은데 말이지."

"호의를 사양하면 안 되지."

"그야 당연한 것을."

그렇게 한가롭게 대화하는 그들에게 몇몇의 용병이 날아들었다. 그에 아론과 길버트가 튀어나갔다. 아론의 글레이브가 움직이고 길버트의 쌍검이 허공을 갈랐다.

스화아악!

비명은 없었다. 아론과 길버트는 동시에 자신에게 달려드는 몇 명의 용병 목을 베어버린 것이다. 그러니 비명을 지를 수 없었다. 그리고 그러한 그들의 모습을 보며 굼트가 눈살을 찌푸렸다.

'만만한 자들이 아니군. 제길. 어쩐지 의뢰 금액이 많더라니.'

속으로 이를 갈면서 굼트는 자신의 주변에 호위대 격으로 있는 이들과 함께 아론에게로 향했다. 그는 본능적으로 이 일행을 이끄는 자로 아론을 지목한 것이다.

그에 길버트는 슬쩍 그들을 바라본 후 양 떼 속에 뛰어든 사자처럼 데드 블러드 용병들 속으로 뛰어들었다.

그런 그를 맞이한 것은 수없이 많은 무기였다. 찔러들어 오고, 베어 들어오고, 찍어 내리고, 휘감고 들어왔다. 길버트는 두 자루의 장검을 사용해 교묘하게 막거나 흘리고, 몸을 비틀어 피해내고 일격필살로 데드 블러드의 용병단의 목을 베었다.

그의 모습은 지극히 간결했는데 과거와는 많은 것이 달라져 있었다. 물 흐르듯 자연스러웠고, 과거였다면 줄기줄기 뿜어냈을 화염의 마나 블레이드는 존재하지 않았다. 딱 필요할 때만 화염의 마나를 사용했다.

지극히 계산적이고 간결했으며, 최소한의 마나로 최대의 효과를 보고 있었다. 그에 길버트 1공자의 얼굴에는 만족할 만한 미소가 걸렸다.

'확실히 멍청한 짓이었다. 마나는 딱 필요할 때만 사용하는 것이 맞아.'

끝도 없이 밀려드는 용병들을 보며 짙은 살소를 머금는 길버트 1공자의 모습은 마치 이 상황이 매우 즐겁다는 듯 즐기고 있는 것 같았다. 또한 그의 활약 못지않게 움직이는 이들이 있었으니 바로 제라르와 얀센을 비롯한 용병들이었다.

그들은 지금의 상황에서 자신들이 강해졌음을 가장 확실하게 느끼고 있었다.

'한 시간이든 두 시간이든 지치지 않을 자신이 있다.'

그들은 똑같이 그 생각을 떠올리고 있었다. 그도 그럴 것이 익스퍼트 하급에 오르기는 했지만 예전이라면 마나 블레이드를 시전하고 견딜 수 있는 시간은 고작해야 10분이었다.

하지만 지금을 달랐다. 언제든지 마나를 사용할 수 있었다. 왜냐하면 딱 필요한 순간 만 마나를 사용하기 때문이었다. 그 덕분에 적과 싸우는 도중에라도 마나는 조금씩 꾸준히 회복되었고, 체력적으로 부담이 줄어들었다.

"죽엇!"

몇 개의 검과 창이 제라르의 전신 요혈을 노리고 쇄도했다. 하나 제라르는 여유롭게 쌍수대검을 휘둘러 창대를 베어버리거나 검을 빗겨 막으며 자신의 목숨을 노리는 용병들을 베어 냈다.

스카각!

"커억!"

"스물둘!"

"이런!"

그의 외침에 얀센이 조금은 다급하다는 듯 입을 열었다. 그러고는 눈을 크게 뜨며 기합성을 내질렀다.

"으랏차!"

쉬이이익! 콰아아앙!

공기가 찢어지는 듯한 소리가 들려오고, 그가 내려친 지점을 중심으로 땅거죽이 들썩였다. 그리고 들려오는 비명 소리.

"커허억!"

"끅!"

"으하하! 스물넷!"

제라르와 얀센은 자신들이 죽인 사람 수를 경쟁하듯 세고 있었다. 그런 둘의 치기 어린 모습에 브라이언이 고개를 저었다. 그와 함께 공수를 번갈아가며 하고 있던 마이크가 고개를 절레절레 저으며 말했다.

"저 양반들은……."

"참 긴장감 없어 보이는군."

"그러게 말입니다."

그러면서도 그들 역시 여유롭게 공수를 전환하며 몇 명의 용병을 베어냈다. 상당히 죽였다고 생각했지만 아직까지는 널브러진 시체보다는 팔팔하게 살아 움직이는 놈이 더 많았다.

촤르르륵!

한줄기 은빛 섬광이 뱀의 혀처럼 움직여 데드 블러드 용병들의 목을 휘어 감았다. 그를 노리고 몇몇 용병이 무기를 들이

댔으나 아쉽게도 어디서 나타났는지 모를 방패에 모조리 튕겨 나갔다.

바로 유리와 니콜라이의 연수합격이었다. 때로는 방패가 튀어나오고 때로는 쇠사슬이 튀어나왔다. 짧고, 혹은 길게 반복되는 그들의 연수합격은 거리는 물론 언제 어떻게 공격이 들어올지 몰라 상대하는 용병들로 하여금 주저하게 했다.

하나의 방패가 날아올랐고, 니콜라이가 날린 방패는 결코 한 명의 목만 취한 것이 아니라 아직도 머금어야 할 피가 많다는 듯 용병들의 목을 날카롭게 물어뜯으며 사방으로 비산했다. 속도가 죽으려는 그 순간 쇠사슬이 방패를 쳐 가속시켰고, 제어를 벗어나려는 그 순간 쇠사슬이 방패를 감아 당겼다.

니콜라이는 마치 기다렸다는 듯이 회수되는 방패를 잡아 양손에 든 방패로 용병들의 무기를 막거나 흘렸고, 무위로 돌아간 공격에 약간의 틈을 허용한 용병들의 목을 뱀의 혓바닥처럼 놀려 소시지 꿰듯 꿰어 나갔다.

"크아아악!"

"커억!"

"끄르륵!"

"살려……."

사방에서 퍼지는 비릿한 피 냄새가 후각을 마비시켰고, 용병들의 비명 소리는 귀를 먹먹하게 할 정도였다. 용병들이 피해가 점점 늘어나기 시작했다. 그 순간 아론은 열 명 남짓의 용병들에게 둘러싸여 있었다.

"내가 만만한가?"

아론은 눈살을 찌푸리며 독백처럼 입을 열었다. 그에 굼트가 어깨를 으쓱해 보이며 말했다.

"그런 것도 있고, 대장은 대장끼리 싸워야 제 맛이지."

"그런가? 자신감이 대단하군. 그럼 한번 와봐."

마치 너희들의 실력을 한번 봐주겠다는 듯한 아론의 모습에 굼트의 입술이 기괴하게 비틀렸다.

"네놈, 죽어서도 그리 오만한지 한번 보겠다. 죽엇!"

그의 명령이 떨어지자 열 명의 용병이 움직였다. 처음부터 그들은 전력을 다하고 있었다. 그들의 무기에 오러 포스가 줄기줄기 시전되어 있었으니 말이다. 그에 아론이 서늘하게 미소 지었다.

"쳐랏!"

"조져!"

두 겹의 포위 중 안쪽에 있던 네 명이 고함을 지르며 그를 향해 쇄도했다.

혼들!

아론의 신형이 기이하게 혼들리며 그들의 시야에서 사라졌다.

"헉!"

"어디?"

그들은 순간 시야에서 사라짐에 당혹해 소리를 내질렀다. 그들이 당혹해하는 그 순간 아론의 신형이 모습을 드러냈다. 하지만 그가 모습을 드러내는 그 순간 그를 공격하던 네 용병의 목이 힘없이 굴러 떨어졌다.

"무, 무슨……."

그에 굼트를 비롯해 아직 포위를 풀고 있지 않은 여섯 명의 용병이 입을 떡 벌리며 놀랐다. 그런 그들을 바라보며 아론은 서늘한 미소를 떠올렸다.

"몰랐지? 너희들이 죽을 것이라는 것을."

그 말과 함께 다시 아론의 신형이 사라졌다. 그에 화들짝 놀란 용병들이 잔뜩 긴장한 채 주변을 경계했다.

스각!

공간이 열리고 공간 속에서 아론의 글레이브가 툭 튀어나오더니 용병 두 명의 목을 가차 없이 베어버렸다. 그리고 다시 모습을 감추는 아론.

"허억!"

죽은 용병 곁에 있던 용병이 헛바람을 일으켰다. 굼트는 그 모습을 보며 마른침을 삼켰다.

'제, 젠장! 정보하고 다르잖아. 정보에는 저놈이 암살자 기술

을 가지고 있다는 말이 없었는데……'

그러면서 그는 마나 센스로 아론을 찾으려 했다. 마치 끈적끈적한 거미줄처럼 사방으로 퍼져 나가는 굼트의 마나. 그는 지금 이 순간 자신의 마나가 용병의 은신을 찾아낼 것이라고 확신했다.

하지만 상당한 거리를 그물처럼 얽은 자신의 마나 센스에는 아무것도 걸리지 않았다.

'이게 무슨……'

굼트의 얼굴이 당혹스러움으로 물들어갔다. 아무것도 없었다.

'어떻게 이럴 수가……!'

그가 내심 당혹성을 내지를 때.

스카가각!

"흡!"

"컥!"

"끅!"

네 개의 외마디 비명이 터졌다. 모두 한결같이 목을 움켜쥔 채 서서히 허물어져 가고 있었다.

그 비현실적인 모습에 마른침을 삼킬 때 굼트는 자신의 목덜미에서 서늘한 무언가가 느껴짐에 몸이 그대로 굳어져 버렸다.

"잘 가라."

"자, 잠… *끄륵!*"

무언가 말을 하려던 굼트는 결코 그 말을 내뱉지 못했다. 목 뒤에서부터 앞으로 그대로 관통해 버린 아론의 글레이브 때문이었다. 아론은 무심하게 글레이브를 빼 들었고, 굼트는 힘없이 허물어져 내렸다.

아론은 잠깐 장내 상황을 살펴봤다. 상당히 많은 용병이 있었지만 그들로서는 자신들의 일행과 길버트를 당해내기는 어려워 보였다. 잠깐 고개를 끄덕인 아론의 신형이 사라졌다. 그리고 그때부터 학살이 시작되었다.

데드 블러드의 용병들은 도대체 자신이 왜 죽었는지도 모르고 죽어갔다.

2백에 이르던 데드 블러드의 용병들이 순식간에 줄어들기 시작했다. 아론이 스치고 지나간 곳은 마치 폭풍이 모든 것을 파괴하듯 살아남은 용병이 단 한 명도 존재하지 않았다.

용병들의 수가 급속도로 줄어들고 길버트와 아론의 일행의 운신의 폭이 한결 넓어질 즈음 아론의 신형이 다시 사라졌다. 그리고 그가 나타난 곳은 한창 전투가 벌어진 곳으로부터 얼마 떨어지지 않은 곳에서 은신하고 있는 복면인들 쪽이었다.

스카각!

"커헉!"

몇 명의 복면이 목을 움켜쥐고 피를 뿌리며 허물어져 내렸다.

"발각됐다!"

"죽여랏!"

수풀에 의지해 은신해 있던 일단의 무리 속에서 다급한 외침이 튀어나왔다. 그에 은신을 풀고 쌍검에 이글거리는 화염을 신전하며 아론을 향해 쇄도하는 복면인들. 하나 그들은 이내 공격을 멈출 수밖에 없었다.

자신들이 목표하던 것이 사라져 버렸기 때문이다. 그에 그들은 곧바로 등을 맞대고 둥글게 방어진을 형성했다.

데드 블러드 용병들과는 확연하게 차이가 나는 조직적인 움직임이었다. 3인이 한 조가 되어 사방을 경계하니 과연 단한 군데도 공격을 허용하지 않을 것 같았다.

하나 그들의 상대는 바로 아론이었다. 지금 이 순간 아론은 바람이 되었다.

스각!

"……!"

사방을 경계하던 한 개 조가 눈을 부릅뜬 후 힘없이 허물어졌다. 비명은 지르지 않았지만 그 모습을 본 복면인들은 약간 성글던 간격을 더욱 좁혀 숨어든 적의 운신의 폭을 좁히려 했다. 하지만 아무리 그렇다 해도 바람을 막을 수는 없었다.

스카각!

다시 몇 명의 복면인 목이 허공에 떠올랐다. 그에 지휘를 하던 복면인이 외쳤다.

"비겁하게 숨지 말고 나서라!"

"한데 플람베르 가문의 방계 중 한 곳인 쉐이드 가문의 화염대가 왜 이곳에 있는 거지?"

"어, 어떻게?"

종적을 파악할 수 없는 적의 목소리가 허공에서 쉐이드 가문 화염대의 대원들 귓가에 선명하게 들려왔다. 그들은 심장이 튀어나올 듯이 놀랐다. 그 누구도 자신들이 이곳에 투입되었다는 것을 모른다.

그런데 모습을 감추고 대원들의 목을 취하고 있는 자는 정확하게 자신들을 파악하고 있었다.

"그리고… 다수임에도 불구하고 수풀에 의지해 모습을 드러내지 않으며 기회만을 엿보고 있는 그대들의 행동이 어찌 정당하다 할 수 있을까? 안 그런가? 플람베르 가문은 모두 그런 인면수심의 자들만 있는 것인가?"

"다, 닥치고 모습을 보여라!"

"그건 생각해 봐야겠군."

그 와중에도 또 다른 몇 명의 복면인 머리가 허공에 떠올랐다. 그에 쉐이드 가문의 화염대 대원들은 은신해서 자신의 목숨을 노리는 자가 무서워지기 시작했다. 그것은 아주 서서히 옥죄어오는 공포였다.

그 공포에 서서히 물들어가고 있었다. 이를 알아챈 화염대의 대장 이스마엘 가가린은 자신의 무기에 화염의 마나를 담았다.

화르르륵!

어둠을 물리치는 화염이다. 그는 오러 미스트가 시전된 무기로 격렬하게 움직였다. 사방으로 화염 다발이 날아가며 숲을 불태웠다.

그리고 어느 순간.

카아앙!

"거기 있었구나!"

가가린 화염대주가 외쳤다. 그에 화염대가 움직였다. 가가린 화염대주가 가리킨 곳을 중심으로 공기조차 통과하지 못하도록 겹겹이 포위했다. 하지만 그들이 잘못 생각하고 있는 것이 있었다. 바로 길버트와 여섯 명의 일행을 말이다.

"크아아악!"

"커억!"

포위망 외곽에서 들려오는 비명 소리. 해연히 놀란 가가린 화염대주가 눈을 들어보니 어느새 데드 블러드의 용병들을 모두 제거한 일곱 명이 자신들을 크게 포위하고 있지 않은가?

불과 일곱 명이서 말이다.

"새끼들아, 니들은 포위된겨."

제라르가 쌍수대검을 움켜쥐며 나직하게 말했다. 수월하게 데드 블러드를 전멸시켰다고는 하나 그 수가 무려 3백에 이르렀다. 그들의 레더 메일 이곳저곳에는 검붉든 핏물이 잔뜩 튀어 있고 그들의 얼굴 또한 상당히 상기되어 있었다.

"네놈들, 지쳤구나."

"글쎄? 이제 좀 할 만해진 것 같은데?"

얀센이 어깨를 으쓱해 보이며 말했다. 하지만 확실히 길버트, 제라르, 얀센을 제외하고는 약간은 여유가 덜 느껴지는 나머지 네 명의 용병이다. 그들이 아무리 익스퍼트에 올랐다고는 하지만 무려 3백의 용병이었다.

그들과 드잡이를 했으니 지치지 않을 리 없었다. 하지만 아직까지 조금의 여유는 있는지 복면인들을 바라보는 그들의 눈동자에는 아직 피로보다는 힘이 담겨져 있었다. 가가린 화염대 대주의 눈동자가 잠깐 흔들렸다.

"쳐랏!"

하지만 단지 흔들렸을 뿐 후퇴를 생각하지는 않았다. 아직도 자신들의 수가 압도적으로 많았기 때문이다.

'화염대가 그리 나약하지 않다는 것을 보여주지.'

어금니를 꽉 깨물며 생각하던 화염대의 대장과 길버트 1공자와 눈이 마주쳤다. 상당히 먼 거리임에도 불구하고 선명하게 느껴질 정도의 시선이다.

'길버트 플람베르 1공자……'

그의 시선을 받은 화염대의 대장은 갑자기 가슴이 답답해지는 것을 느꼈다. 한때 그의 기사도에 한껏 심취한 적이 있었다.

'하지만 이미 지난 일일 뿐.'

그렇다. 시간은 이미 흘러갔고, 그 시간은 다시 돌아오지 않는다. 지금은 현 상황에 충실해야 했다. 지금 자신은 쉐이드 가문의 화염대 대주이고, 길버트 플람베르 1공자의 목을 가져오라는 명령을 받았다.

하지만 상황은 그의 생각대로 흘러가지 않았다. 분명 수적으로 자신들이 목표물을 포위한 것이 맞았다. 그러나 어찌 된 일인지는 몰라도 적들은 안과 밖으로 호응하면서 마치 살아 있는 유기체처럼 움직이니 오히려 자신들이 여덟 명에게 포위당한 듯한 느낌이 들었다.

답답했다.

전혀 진전은 없고 화염대는 점점 줄어들고 있었다.

쉬이익!

"큭!"

그때 검 한 자루가 마이크의 등을 훑고 지나갔다. 핏물이 튀자 마이크는 눈살을 살짝 찌푸렸다.

"밖으로!"

브라이언이 재빠르게 외쳐 그와 자리를 교체해 들었다. 이미 네 명의 용병은 혈인이 되어 있었다. 이미 3백에 달하는 데드 블러드의 용병들을 베었고, 잠시의 휴식 시간도 없이 쉐이드 가문의 화염대와 격전을 치르고 있다.

그들이 아무리 실력이 출중하다 할지라도 겨우 여덟 명이서 5백을 감당한다는 것은 정말 쉽지 않은 일이었다. 특히나 이제 익스퍼트 하급에 도달한 네 명의 용병에게는 더욱더 힘든 상황이라 할 수 있었다.

"으랏차!"

얀센의 우렁찬 소리가 들려왔다. 제라르 역시 힘찬 함성을 지르며 화염대를 상대했지만 조금씩 지쳐가는 것은 어쩔 수 없었다. 아무리 마나를 효율적으로 사용한다 해도 마나가 면면부절한 것은 아니었다.

그들은 수없이 많은 전장을 겪으면서 전투를 치른 덕분에 지금은 마나보다는 그 경험에 의지해 화염대를 상대하고 있었다. 그중 가장 두드러진 활약을 보이는 것은 역시 아론과 길버트 1공자였다.

특히 길버트 1공자의 경우는 아론을 통해 새롭게 마나를 세밀하게 사용하는 법을 터득한 이후 그 실력이 괄목할 만하게 성장했다. 평소였다면 이미 지쳐 거친 숨을 몰아쉬었을 텐데 그는 여전히 갓 잡은 물고기처럼 펄떡이며 화염대를 주살하고 있었다.

"으하하핫! 겨우 이것이더냐? 쉐이드 가문의 화염대가 겨우 이 정도밖에 되지 않느냔 말이다!"

그가 광소를 터뜨리며 외쳤다. 그 광소에는 울분 같은 것이 담겨 있었다. 가가린 화염대 대주는 그것을 느낄 수 있었다. 그에 어금니를 꽉 깨물었다. 그의 비통한 울분이 가슴에 전해졌으나 그것보다는 분노가 먼저 일었다.

쉐이드 가문과 화염대를 비웃음에 말이다.

"몰아쳐라!"

벌써 50명에 가까운 화염대가 죽어나갔다. 하지만 아직 많은 화염대가 남아 있었다.

"쉴 시간을 주지 마라!"

가가린 화염대주의 말대로 화염대원들은 멈추지 않았다. 동료의 시체를 밟고 이용하며 일곱 명의 용병과 길버트를 향해 쇄도했다.

"물러서!"

그때 굵은 목소리가 들려왔다. 그에 여섯 명이 뒤로 전장을 이탈하며 하나로 뭉쳤다. 그 순간 아론의 글레이브가 움직였다. 이미 그의 주변에는 화염대의 시체가 즐비했다. 지친 여섯 명의 용병은 원을 만들어 서로에게 등을 기댔다.

아론이 글레이브를 위에서 아래로 내려쳤다.

콰우우웅!

땅거죽이 치솟아 오르고 대기가 공명했다.

"크아아악!"

"커허억!"

수십의 화염대 대원들이 비명을 지르며 종잇장처럼 날려가 제멋대로 널브러졌다. 피의 안개가 사방에서 피어올랐다. 그리고 아론의 신형이 사라졌다.

"찾아라!"

화염대는 본능적으로 지금 이 순간 가장 위험한 존재가 바로 아론이라는 것을 깨달았다. 그를 중심으로 진형이 재편되었다. 하지만 그 순간 아론의 모습이 사라졌다. 잠깐 당황하는 그 순간 그들의 배후에서 아론의 신형이 드러났다.

"뒤닷!"

누군가 외쳤다. 화염대는 바람과 같이 움직여 그를 향해 쇄도해 들었다. 아론 역시 달려 나갔다. 그의 글레이브 끝에서 작은 폭발이 일어났다.

투두두둥!

폭발이 터지며 사방으로 퍼져 나갔다. 화염대는 본능적으로 위험하다는 것을 깨닫고 회피하려 했다. 하지만 아론의 글레이브에서 사방으로 흩어진 폭발 구체는 피한다고 피할 수 있는 것이 아니었다.

일정 거리에 이르자 보라색으로 공간이 일그러지기 시작했다.

"피, 피해랏!"

콰콰가가강!

거대한 폭발이 일어났다. 폭발이 일어난 지점에 있던 화염대는 피떡이 되어 육편과 함께 사라졌다. 하지만 그 폭발은 단순히 한 번 폭발하는 것으로 끝나지 않았다. 주변에 있는 모든 것을 끌어당겼다.

"으아아악!"

폭발 구체에 닿은 모든 것이 보라색으로 빛나는 불꽃에 타 들어갔다.

"이노옴! 용서할 수 없다!"

동료가 죽어감에 분노한 누군가 노호성을 외치며 아론의 등 뒤를 가격했다.

터더더덩!

하나 기이한 소리를 내며 검이 튕겨 나갔다.

"이 무, 무슨······."

서걱!

당황하는 그자의 목이 허공에 떠올랐다. 압도하고 있었다.

1백이 넘어가는 화염대가 단 한 명에 의해 압도적으로 밀리고 있었다.

아론이 앞으로 나서 적을 상대하는 그 잠깐 동안 체력을 회복한 여섯 명의 용병이 다시 합세했다.

"씨벌! 함 죽어보자."

익스퍼트 하급에 들어서 그 누구에게도 지지 않을 자신이 있었다. 하지만 그런 자신감은 며칠도 되지 않아 완전히 구겨지고 말았다. 수에는 장사가 없었다. 끊임없이 밀려드는 적에 의해 육체가 견뎌내지 못했다.

하지만 지금 이 순간 그들은 느끼고 있었다. 자신들의 마나는 더욱더 풍부해지고 있고, 마나의 컨트롤은 마법사를 능가할 정도가 되었다고 말이다. 단지 느낌일 뿐이지만 이것은 이들이 살아남는 데 결정적인 역할을 하고 있었다.

가장 앞에 길버트가 섰다. 그 뒤에 제라르와 얀센이 섰으며, 그 뒤에 네 명의 용병이 가세했다. 그들은 마치 화살처럼 화염대를 꿰뚫었다.

"크아아악!"

"후미를 잘라라!"

공격이 체력의 한계와 마나의 한계에 다다른 후미에 집중되었다. 그에 가장 선두에 서 있던 길버트가 뒤로 훌훌 날아 떨어져 내렸다. 그의 쌍검에는 용암이 흘러내리고 있었다. 그저 스치기만 해도 매캐한 살 타는 냄새가 날 정도로 치명상을 안 겨줬다.

그동안 용병들은 넓게 퍼졌다 다시 그 간격을 좁히면서 공격과 방어를 자연스럽게 행하고 있었다. 수가 얼마 안 되니 그 유기적인 움직임은 쉬이 깨뜨릴 수 있는 그런 수준이 아니었다. 이것이 바로 화염대가 고전을 면치 못하는 이유였다.

가가린 화염대주는 어금니를 깨물 수밖에 없었다. 인정하기 싫지만 저들은 자신들보다 강했다. 더 이상 공격을 계속했다가는 전멸당할 수도 있었다.

"삐이이익!"

그에 그는 호각을 불었다. 바로 퇴각 신호였다. 화염대는 마치 기다렸다는 듯이 썰물처럼 빠져나갔다.

"후우욱!"

그러나 용병들은 그들을 추적할 수 없었다. 이미 체력이 한계에 달해 있었기 때문이다. 그들이 물러나는 것을 본 용병들은 그 자리에서 털썩 주저 않았다.

"체력과 마나를 보충해!"

아론의 외침에 그들은 시체를 치울 생각도 하지 않고 앉은 자리에서 결가부좌를 취했다. 아론과 길버트는 혹시라도 모를 또 다른 암습을 대비해 마나 호흡으로 체력과 마나를 보충하고 있는 용병들을 지키고 섰다.

"아직… 안 끝난 것인가?"

길버트가 나직하게 아론에게 물었다.

"또 오겠지."

아론의 말에 침묵하는 길버트. 그의 얼굴은 가히 좋지 않았다. 이 모든 것이 자신 때문에 일어난 것이라는 것을 모를 리 없으니 당연했다.

"미안하게 되었군."

"너와 나, 친구 아니던가?"

"친구 맞지."

"친구를 위해서 이 정도의 위험은 감수할 만하지 않은가? 너는 내가 이런 위기에 처했을 때 두 손 놓고 지켜만 볼 텐가?"

"글쎄. 솔직히 모르겠군. 지금 마음 같아서야 당연히 나선다고 말하고 싶네. 하지만 나 또한 인간이기에 장담할 수는 없군."

"그럴 수도 있겠군."

"실망했나?"

"절대적으로 나선다고 했다면 실망했을 것이다."

그에 길버트가 고개를 갸웃거렸다. 이해할 수 없는 아론의 대답이었기 때문이다.

"확답하는 인물일수록 확답을 지키는 이는 드물거든."

"그런가? 하기는 그럴 수도."

과거 자신이 그랬다. 자신이 가문의 후계로 지정되었을 때 말이다. 그때 그들은 자신에게 간이라도 꺼내줄 듯하였다. 하나 자신이 후계를 버리고 가문을 박차고 나오자 얼굴을 바꾸었다. 그에게 돌아오는 것은 싸늘한 조소뿐이었다.

길버트는 고개를 저어 상념을 털어버렸다.

과거가 다 무슨 소용인가?

지금 여기는 자신을 위해 목숨을 버릴 생각까지 하고 있는 친구가 있는데 말이다. 그 한 명이 천군만마보다 더 든든하게 느껴졌다.

실제 그러했고 말이다. 사실 그가 화염대와 싸우면서 마지막에 보여준 보라색의 폭발 구체는 입을 떡 벌어지게 했다. 도망쳐도 소용없고 피해도 소용없었다. 그 폭발 구체로 일거에 승기를 잡았고, 화염대가 꽁지가 빠져라 도망갔다.

"깨어나라!"

그때 다시 아론의 목소리가 들려왔다. 그에 마나 호흡을 하고 있던 이들이 재빠르게 호흡을 갈무리하고 자리에서 일어났다. 여전히 피곤한 모습이기는 하지만 이전보다 훨씬 밝아진 표정들이다.

"이번에도 그 화염댄가 뭔가 하는 놈들이우?"

"아니."

"그럼?"

"아무래도 붉은 달인 것 같군."

"허어~ 그들까지."

참으로 엎친 데 덮친 격이었다. 잠깐의 쉴 틈도 주지 않았다. 하지만 아론의 입에서 흘러나온 말은 의외였다.

"여기서 경계하고 있어. 길버트 자네가 지휘하고."

"자네는?"

"암습에는 암습이 최고지."

그러면서 아론의 신형이 그들이 빤히 보는 앞에서 사라졌다. 그에 용병들과 길버트 모두 두 눈을 크게 뜨고 놀라워했다. 하지만 이내 침착함을 되찾았다. 아론은 이미 자신들이 재단할 수 있는 실력이 아님을 알기 때문이다.

"나와 얀센, 그리고 제라르가 삼각형으로 세 방향을 점유하고, 브라이언, 마이크, 유리, 니콜라이가 사각을 이뤄 내부를 단단히 받친다."

"알겠수."

"알겠소."

삼각형 속에 사각형이 존재하는 진형으로 비록 변형된 진형이기는 하지만 체력과 마나 소모를 최소한으로 하고 다수가 포위했을 때 공방을 원활하게 할 수 있는 장점이 있음을 단박에 깨달은 제라르와 얀센이다.

그들이 긴장한 채 진형을 갖추고 있을 때 아론의 신형은 그들과 얼마 떨어지지 않은 곳에 모습을 드러냈다.

그는 바로 앞에 있는 바위를 향해 글레이브를 그어 내렸다.

움찔!

단단한 바위가 움찔거리는 것 같은 느낌이 들었다. 한데 바위에서 핏물이 흘러내리기 시작했다. 약간의 시간이 지난 후 단단해 보이는 바위의 형태가 변하더니 이내 한 명의 흑의복면인이 모습을 드러냈다.

가슴께에는 검붉은 달이 수놓아져 있었다. 하나 아론의 신형은 이미 그곳에 있지 않았다. 다시 모습을 감춘 그였고, 여지없이 그가 잠시 후 모습을 드러낸 곳에서는 흑의복면인이 비명도 지르지 못한 채 죽어갔다.

몇 십의 흑의복면인이 죽어갔을 때쯤 그때야 뭔가 이상함을 느낀 흑의복면인들이었다.

"수가… 줄어?"

"그렇습니다."

"허어~ 암습인가? 천하의 붉은 달을 상대로? 미치겠군."

예의 라이벡 우드가 훤히 내려다보이는 곳에서 뒷짐 진 채 상황을 지켜보던, 소매에 검붉은 열 개의 실선을 지닌 자가 어처구니없다는 듯이 말했다.

까드드득!

그에 이빨이 갈리는 소리가 들려왔고, 그의 전신에서 폭발적인 기세가 솟아났다.

"끄윽!"

그의 뒤에서 부복하고 있던 흑의복면인의 입에서 답답한 신음성이 흘러나왔다. 단지 기세만으로 흑의복면인을 질리게 만들고 있는 것이다.

"시작해!"

"명!"

부복해 있던 흑의복면인이 사라졌다. 소매에 검붉은 열 개의 실선을 가진 자는 여전히 라이벡 우드를 바라보고 있었다. 그곳을 바라보는 흑의복면인의 눈은 날카롭고 잔인하게 변해 있었다.

그리고 살기가 진득한 목소리가 나직하게 울려 퍼졌다.

"그래, 그렇게 발버둥 쳐야 더 즐겁지. 더욱 발버둥 쳐라. 그래서 나를 즐겁게 해봐라."

그에게 있어서 살행은 그저 자신의 즐거움을 채워주기 위한 놀이에 불과했다. 어쩐지 그는 즐겁다는 듯이 웃고 있다는 느낌이 들었다. 비록 복면에 가려서 그 모습은 볼 수 없었지만 말이다.

*　　　*　　　*

아론이 날뛰기 시작했다. 그는 일정한 위치에 머물러 있지 않았다. 남쪽에 나타나 암사들을 학살하고 암살자들이 그를 제거하기 위해 몰리는 순간 다시 북쪽에 모습을 드러냈고, 북쪽으로 암살자들이 몰리면 서쪽에 모습을 드러냈다.

"놈은 아티팩트를 가지고 있다."

암살자들은 그렇게 단정했다. 그리고 명령이 다시 하달되었다. 암습을 신경 쓰지 말고 용병과 목표물을 제거하라는 명령이었다. 암살자들이 즉시 움직였다. 아론 역시 그들의 뒤를 따랐다. 하지만 이내 이동을 멈출 수밖에 없었다.

그의 앞을 가로막는 일단의 인물들이 있었기 때문이다. 그들 역시 흑의복면인들이었다. 하지만 이상하게 그들에게서는 아무것도 느낄 수 없었다. 마치 사람이 아닌 듯했다. 아론의 눈이 가늘어졌다.

"모습을 드러내는 것이 좋을 텐데?"

누구에게 말하는 것인가? 자신을 노리는 자는 이미 모두 모습을 드러내었는데 말이다. 그때였다. 허공이 일그러지면서 무언가 툭 튀어나왔다.

"아하하하! 반갑군."

다소 경박한 웃음을 짓는 자. 예의 손목에 검붉은 실선 열 개가 그어져 있는 사내였다.

"반가운 건가?"

"그럼. 반갑지. 요즘은 애들이 허약해서 가지고 놀 만한 물건이 없어서 말이야."

"가지고 논다라……. 확실히 제정신은 아닌 모양이군."

"그게 어때서? 강자가 약자를 가지고 노는 것이 어때서? 고래로 강자는 약자를 병탄(倂呑, 남의 재물이나 다른 나라의 영토를 한데 아울러서 제 것으로 만듦)하고 약탈하는 것이 아니던가?"

"결국 네가 나보다 강자라는 말인가?"

"크큭! 역시 말이 통할 줄 알았지."

"그래서 나를 병탄하고 약탈하겠다는 말인가?"

"이야~ 역시."

그에 아론의 눈동자가 스산하게 빛났다. 그의 변한 기세를 단번에 알아차린 흑의복면인. 그의 눈동자 역시 날카롭게 변해갔다.

"설마 나를 이길 수 있다고 생각하는 건가?"

"제 주제도 모르는 천둥벌거숭이로군."

"…큭, 크하하하하!"

아론의 말에 앙천광소를 터뜨리는 흑의복면인. 그는 정말웃긴다는 듯이 배를 잡고 웃어댔다. 하나 이내 싸늘한 살기를흘러냈다. 거의 20미터 가까이 떨어져 있던 아론의 신형이 어느새 자신의 곁에 다가와 차가운 글레이브가 자신의 목에 대어져 있었기 때문이다.

아론의 얼굴에 비웃음이 걸렸다.

"이것도 막지 못하면서 강자? 웃기는군."

"네놈!"

하지만 흑의복면인에게서 자신의 목에 대어진 글레이브를 전혀 신경조차 쓰지 않는 듯한 목소리가 흘러나오며 분노에 눈이 붉어졌다.

투후웃!

아론의 신형이 멀어졌다. 어느새 원래의 자리로 돌아갔다. 그리고 검지를 들어 그를 가리킨 후 까딱거렸다.

"와봐!"

흑의복면인의 눈동자가 싸늘해졌다. 분노에 잠식되어 앞뒤 가리지 않고 뛰어들 것만 같던 그다. 하지만 그 짧은 순간 분노한 마음을 다잡고 냉정하게 상황을 직시한 것이다. 흑의복면인에게서 무미건조한 목소리가 흘러나왔다.

"공격해라. 숨은 남겨놓고."

"……."

그의 명령에 아론을 에워싸고 있던 사람 같지 않은 흑의복면인들이 움직이기 시작했다. 그들은 함성도 없었다. 또한 일체의 군더더기도 없었다. 오로지 상대방을 최대한 빨리 죽이기 위한 최적의 검로로 움직일 뿐이었다.

'살인귀들이로군.'

오로지 살인만을 위해서 존재하는 이들. 예전에 들은 적 있다. 암살을 하기 위해서 전신의 통각을 완벽하게 제거하여 팔이나 다리 한쪽이 날아갈지라도 전혀 문제없이 목적을 달성한다는 종자들을 말이다.

그저 우스갯소리로만 들은 소리가 지금에 와서 현실이 되었다.

아론의 눈이 찌푸려졌다. 예전 같았으면 전혀 문제될 일이 아니었다. 그런데 지금은 그렇지 않았다. 아론은 모두 세 개의 영혼에 영향을 받았다.

그중 가장 큰 영향을 받은 것은 자신에게 지식만을 전수해 준 백두산이라는 지구인이다. 그 지구인은 자신을 새로운 세계로 이끎과 동시에 지금의 자신을 형성하고 있는 인성에 가장 큰 영향을 미쳤다.

그러하기에 제라르를 살리고 용병들을 받아들였으며 길버트를 친구로 받아들였다. 그리고 지금 인간을 마치 무슨 재료처럼 사용하는 저들의 행태를 보고 눈살을 찌푸렸다. 과거였다면 별로 신경조차 쓰지 않았을 일이다.

'내가 달라지긴 달라졌나 보군.'

츄우웃! 좌아아악!

그의 생각과는 달리 그의 글레이브는 자신을 향해 쇄도하는 흑의복면인을 일도양단하고 있었다. 아래에서 위로, 좌에서 우로, 좌 하단에서 우 상단으로 무표정하게 그어 내리는 그의 글레이브에 그를 향해 쇄도하는 흑의복면인들은 비명도 지르지 못하고 죽어나갔다.

아니, 그들에게는 아예 비명이라는 것이 존재하지 않는 것 같았다. 다리 하나가 잘려 나가고, 배가 베여 창자가 꾸역꾸역 기어 나옴에도 그들은 살아서 움직였다. 그들을 완전히 죽이려면 목을 베거나 심장을 꿰뚫어야만 했다.

그렇게 함에도 불구하고 그들은 발작적으로 움직였다. 목이 잘려도 움직임이 한동안 지속되었고, 심장이 박살 나도 마찬가지였다. 그 와중에 한 명의 흑의복면인이 아론의 정면으로 달려들었다.

아론의 글레이브가 흑의복면인의 심장을 꿰뚫었다. 그 순간 흑의복면인은 기이하게 움직여 심장이 아닌 복부로 아론의 글레이브를 받아내었다. 달라질 것은 없다고 여겼다. 하나 글레이브를 회수하려던 아론은 뭔가 이상한 느낌을 받았다.

글레이브가 빠져나오지 않았다. 공격 수단을 근육을 수축시킴으로써 육탄으로 제거한 것이다. 죽어가는 흑의복면인의 복면이 기이하게 움직였다. 마치 비웃는 것처럼 말이다. 하나 아론은 무표정했다.

아론은 봉쇄당한 글레이브를 그대로 휘둘렀다. 흑의복면인을 꿴 채로 말이다.

퍼버버벅!

육편이 쏟아져 내렸고, 검붉은 핏물이 비처럼 흘러내렸다. 그의 행동은 글레이브에 꿰인 흑의복면인이 가루가 되어 사라졌을 때 비로소 멈췄고, 그때는 단 한 명을 제외한 나머지 흑의복면인은 이미 모두 사라진 후였다.

짝짝짝!

박수 소리가 들려왔다.

CHAPTER 6

혈로 II

　유일하게 남은 흑의복면인은 자신의 수하가 다 죽었음에도 불구하고 박수를 치고 있었다. 그에 아론은 말없이 그를 바라볼 뿐이었다.

　"훌륭하군. 지금까지 그놈들을 다 죽인 사람은 처음이야."

　"그런가?"

　"충분히 내 상대가 될 만한 자를 만날 수 있어서 다행이로군."

　"이자들, 정상적이지는 않군."

　"아! 그렇지. 조직에서 키운 자들인데 신경을 절제했다고 하더군. 쩝. 그런다고 해서 달라질 것이 없는데 말이지. 별로 마음에 들지는 않아."

"그런가? 그런데 언제까지 말만 할 셈이지?"

"이런. 눈치챘나?"

"……."

아론은 말없이 글레이브를 들고 비스듬하게 자세를 잡았다. 그에 지금까지 여유롭던 흑의복면인에게서 폭발적인 기세가 흘러나왔다.

"아쉽군. 좀 더 대화를 하고 싶었는데."

"별로 대화하고 싶은 마음이 들지 않는군."

"그런가?"

"낭만이 없군."

"……."

대답이 없는 아론. 그 순간 흑의복면인의 신형이 흐릿해졌다. 하지만 아론은 전혀 당황하지 않았다. 그는 그 자세 그대로 허허롭게 서 있었다.

'빈틈이…….'

흑의복면인은 아론의 빈틈을 찾았다. 한데 빈틈이 너무 많았다. 어디를 먼저 찔러야 할지 고민이 될 정도였다.

'목이 좋을까? 심장도 괜찮아. 미간도… 이런!'

즐거운 상상을 한 흑의복면인은 마침내 몇 줄기의 섬광을 아론을 향해 뿌렸다.

따다다당!

그때 흑의복면인의 귀로 자신의 단검이 튕겨 나가는 소리가 들렸다. 하지만 흑의복면인은 이미 그럴 줄 알았다는 듯 또다시 몇 개의 섬광을 뿌렸다. 그리고 그 역시 바람처럼 아론을 향해 쇄도해 들어갔다.

역시 아론의 글레이브가 유려하게 움직였고, 자신을 향해 쏘아져 오는 몇 개의 섬광을 어렵지 않게 막아내었다. 흑의복면인의 눈동자가 조금 더 차가워졌다.

'지금!'

어떤 소리도 없었다. 바람처럼 아론의 등 뒤로 다가가 파냐드 대거를 찔러갔다. 그의 눈동자는 확신으로 가득 차 있었다. 실제 아론은 흑의복면인이 찌른 파냐드 대거를 전혀 느끼지 못한 것처럼 보였다.

그리고 파냐드 대거가 막 아론의 목덜미에 파고들려는 그 순간.

까앙!

쇠와 쇠가 부딪치는 날카로운 소리가 울려 퍼졌다. 순간 흑의복면인은 놀란 눈동자로 파냐드 대거의 끝을 바라봤다.

넓은 글레이브의 도면에 의해 파냐드 대거가 막혔다. 그것을 확인하는 순간 흑의복면인은 그 자리에서 꺼지듯 사라졌다.

스화아악!

아론의 글레이브가 움직였다.

피빗!

무언가가 베이는 소리가 들려왔다. 어둠 속에서 핏물이 튀어 올랐다. 하지만 아론은 글레이브를 멈출 생각을 하지 않았다. 마치 가벼운 나뭇가지를 휘두르듯 글레이브를 사방으로 그어 내리기 시작했다.

쯔아아악!

"컥!"

답답한 비명이 들려오며 아론의 좌측 10미터 지점에서 흑의복면인이 모습을 드러냈다. 다시 모습을 드러낸 흑의복면인은 상당히 낭패한 상황이었다. 허벅지와 허리, 팔을 가리는 흑의가 잘려 나가 너풀거렸다.

특히 흑의복면인의 복면이 완전히 갈라져 그 얼굴이 드러났고, 심장 어림의 흑의 역시 잘려 나가 피부가 보일 정도였다. 흑의가 잘려 나간 부분은 피부가 베어져 가는 혈선이 비쳤고, 그 혈선을 통해 핏방울이 맺혀 있다.

"어떻게……?"

"암살자가 자만이라니……."

아론의 말에 얼굴 근육을 씰룩거리는 흑의복면인. 복면이 잘려 나가 그의 표정이 여지없이 적나라하게 드러나고 있었다.

"감히……."

"감히라는 말은 강자가 약자에게 쓰는 말이다. 니가 나에게 쓸 말은 아니로군."

"죽엇!"

더 이상 말이 필요 없음을 느낀 것일까?

흑의복면인이 선공을 했다. 하지만 그는 그 자리에서 움직이지 않고 수십 자루의 빛이 아론을 향해 폭사되었다. 진한 녹색의 위험한 빛을 떠올린 비도들이 아론을 향해 그 헛바닥을 날름거렸다.

그 많은 비도가 아론을 포위하듯 전신 요혈에 박혀들려는 그 순간 아론의 신형이 사라졌다.

따다다당!

그를 향해 쇄도하던 수십 자루의 비도가 서로 부딪치며 쇳소리를 냈다.

타다다닥!

흑의복면인은 절호의 기회가 빗나갔음을 알고 백스텝을 밟으며 어둠 속으로 몸을 감췄다. 아론도 사라지고 흑의복면인도 사라진 그곳은 그야말로 정적만 가득했다. 어둠 속에서 흑의복면인은 주의 깊게 전방을 살폈다.

그러고는 이내 마나를 풀어냈다. 지금의 상황에서 마나를 풀어 적을 발견해 내지 않으면 오히려 자신의 목숨이 위험해

질 것 같은 느낌에 은신이 풀릴 위험을 감수하며 마나를 풀어 사방을 경계하는 것이었다.

그러다 그의 마나에 걸리는 무엇인가가 있었다. 하지만 흑의복면인은 움직일 수 없었다. 그의 뒤통수로부터 전해져 오는 싸늘한 감촉 때문이었다.

"은신이라고 해서 만능은 아니지."

흑의복면인은 상대가 느끼지 못할 정도로 조심스럽게 파냐드 대거를 양손에 쥐었다. 그리고 서서히 일어나며 기회를 노렸고, 싸늘한 감촉이 아주 잠깐 사라졌을 때 그의 신형이 번개처럼 움직였다.

서걱!

날카로운 소리가 들려왔다. 흑의복면인은 어느새 아론의 뒤로 떨어져 내리고 있었다.

"어떻게⋯⋯?"

"세상에는 너보다 강한 자가 많다."

쩌억!

그의 목이 몸으로부터 분리되었다. 뒤늦게 피분수가 터지면서 모로 쓰러지는 흑의복면인. 무심하게 죽은 흑의복면인을 바라보던 아론의 신형이 그 자리에서 사라졌다.

서걱! 서걱!

어둠 속에서 모습을 드러낸 아론은 그의 앞에 있는 몇 명의 흑의복면인의 목을 거침없이 베어버렸다. 그리고 다시 모습을 감췄고, 몇 개의 구체가 사방으로 퍼지며 보라색 잔상을 남기며 폭발했다.

"큭!"

흑의복면인들은 그 와중에서도 신음성조차 내지 않고 죽어갔다. 흑의복면인에 둘러싸인 길버트와 여섯 명의 용병은 그야말로 가관이었다. 아니, 그들은 거의 혈인이 되어 있었다. 자신들의 피인지 아니면 죽어간 흑의복면인의 피인지 모를 정도였다.

"흐아앗!"

길버트의 쌍검에서 화염이 치솟아 올랐고, 얀센의 할버드가 미친 듯이 회전했다. 제라르의 쌍수대검이 허공을 누비며 피를 찾았고, 니콜라이의 양손에 든 방패가 흑의복면인들의 무기를 튕겨내거나 막아냈고, 유리의 쇠사슬이 날아오르자 복면인의 목이 허공으로 치솟아 올랐다.

마이크의 두 자루의 단검이 비산하고 브라이언의 장창이 복면인들의 심장을 꿰뚫었다. 마치 톱니바퀴처럼 맞물려 가는 그들의 공수에 수많은 흑의복면인이 죽어갔다. 하지만 아직도 흑의복면인은 많았다.

"후욱! 후욱!"

거친 숨을 몰아쉬는 브라이언과 마이크, 그리고 유리와 니콜라이었다. 그나마 제라르와 얀센은 아직 여유가 있는 모습이었고, 길버트는 많이 무뎌지기는 했지만 가장 든든한 모습을 보여줬다.

"아이고~ 개떼네, 개떼."

제라르가 힘들다는 듯이 말했다. 제라르는 그나마 말을 할 체력이 남아 있었지만 나머지는 입을 꾹 닫은 채 고개만 끄덕였다. 그들의 얼굴은 피곤함으로 물들어 있었다. 점심 어림쯤에서 시작한 이 전투는 어느새 사방이 새까매진 밤으로 접어들고 있었으니 아무리 익스퍼트에 들었다고는 하나 지치지 않을 수 없었다.

이미 마나 홀은 텅텅 비었으며, 그나마 버틸 수 있던 것은 길버트와 제라르, 그리고 얀센의 적절한 도움과 함께 전장에서 몇 년을 살아남은 베테랑다운 대처 때문이라 할 수 있었다. 하지만 이제 그마저도 힘들 지경이었다.

무기를 든 손이 부들부들 떨려왔고, 군건하게 버텨야 할 두 다리는 후들거리고 있었다. 하지만 그들의 기세만큼은 여전히 강력했다. 흑의복면인들이 치를 떨 정도로 말이다. 그때 누군가 외쳤다.

"어이고, 큰 형님, 늦으셨소!"

그와 함께 그들을 포위하고 있던 흑의복면인들의 포위망이

헐거워지는 것을 느낀 그들이다. 모두 동시에 한 방향을 바라봤다. 아론의 모습은 보이지 않았다. 하지만 그들이 바라보는 방향에서 포위망을 구축하고 있던 흑의복면인들이 짚단처럼 쓰러지는 것이 보였다.

갑자기 흑의복면인들이 한곳으로 몰리기 시작했다. 다시 포위망을 구축하기 위해서였다. 하지만 그 모든 행위는 헛수고였다. 근거리는 물론 그와 정 반대편에 있는 흑의복면인이 퍽 퍽 소리를 내며 터져 나가고 있었다.

"역시 형님이구만."

얀센 역시 힘이 나는지 다시 할버드를 휘두르기 시작했고, 길버트 역시 더욱 힘을 내 흑의복면인들을 향해 쇄도했다. 잠시의 공방이 오고 갔다. 그중 단연 눈부신 활약은 역시 아론이었다. 그는 펄펄 날아다녔다.

마치 자신이 없는 사이에 동료들에게 해를 입히는 것을 용납할 수 없다는 듯이 말이다. 수없이 많은 흑의복면인이 그를 노리고 달려들었지만 그들은 마치 섶을 끼고 불속으로 뛰어드는 부나방과 같았다.

그때.

삐이이익!

귀를 막고 싶을 정도로 날카로운 호각 소리가 들려왔고, 죽을 줄 알면서도 미친 듯이 달려들던 흑의복면인들이 썰물 빠지듯이 퇴각하기 시작했다.

아론은 그들을 쫓지 않았다. 그들을 쫓기보다는 일행을 지키는 것이 더 우선이었다.

"후아~"

털썩!

마이크가 답답한 숨을 토해내며 그 자리에 털썩 주저앉아버렸다. 그리고 나머지 일행도 기다렸다는 듯이 자리에 털썩 주저앉았다. 서 있을 힘도 없다는 듯 말이다. 그것은 제라르나 얀센도 마찬가지였다.

사방은 시체가 즐비했다. 붉은 달 표시가 되어 있는 시체와 화염대의 시체로 말이다. 근 3~4백은 되어 보였다. 길버트는 쌍검을 갈무리하며 주변을 훑어보았다. 그러면서 고개를 절레절레 흔들었다.

"후우~"

그 역시 긴 숨을 내쉬었다. 아론은 잠시 천상의 문을 지키는 수문장처럼 글레이브를 옆에 들고 그들이 숨을 고를 수 있도록 주변을 경계했다. 약간의 시간이 지난 후 아론의 입이 열렸다.

"이동하지."

"조금 더 쉬면 안 되겠수?"

"시체 속에서 쉬는 것이 좋다면야."

"에고, 알았수, 알았어."

그렇게 투덜거리면서 자리에서 일어나는 제라르. 그에 일행
도 함께 일어나 무거운 발걸음을 옮겼다. 하지만 그들은 얼굴
은 결코 나쁘지 않았다. 아니, 오히려 가볍게 흥분하고 있었
다. 그들이 물리친 적이 말도 안 되게 많았기 때문이다.

붉은 달과 데드 블러드, 그리고 쉐이드 가문의 화염대까지
말이다. 자신들이 물러나는 것이 아니라 자신들의 강함을 알
고 그들이 물러난 것이다. 단 여덟 명이서 그 모든 것을 감당
한 것이니 이 어찌 뿌듯하지 않을까?

"더 있을까?"

길버트가 아론에게 물었다.

"글쎄. 모르겠군."

"이쯤에서 끝났으면 하지만 결코 그럴 일은 없겠지?"

"아마도 일정의 절반이 넘어서야만 암습이 없을 게야."

"흠. 그 이유가……."

"절반이 넘어서면 차라리 가문으로 들여 수작을 부리는 것
이 더 편할 테니까."

"그렇군."

"저기서 휴식을 취하도록 하지."

"그러는 것이 좋겠군."

휴식을 취해야만 했다. 그동안 이들이 겪어온 혈로는 그리

간단하지 않았다. 처음에는 그리 많은 암습이 없었다. 하지만 점점 그 횟수가 증가하더니 이제는 몇 백 명에 이르는 이들이 한꺼번에 몰려오고 있었다.

이동하던 이들은 적당한 동굴을 발견해 그곳에서 쉬어 가기로 했다.

불을 피우고 아론이 잡아온 동물로 저녁을 간단하게 해치운 이들은 각자 자리를 잡고 마나 호흡에 빠져들었다. 지금은 언제 어떻게 암습이 올지 모르니 최대한 마나를 모으고 육체의 피로를 풀어야만 했다.

정신적으로나 육체적으로 완벽을 기하기 위해서는 확실히 수면이 최고겠지만 지금은 어쩔 수 없었다. 타닥거리며 타오르는 모닥불 앞에는 아론과 길버트만이 있었다. 나머지는 모두 마나 호흡을 하거나 깊은 잠에 빠져들었다.

처음에 그들은 그것을 극구 반대했지만 이 일행 중 가장 강한 이가 아론이라는 것을 알고 그의 말이 합리적임을 들어 결국 휴식을 취하며 최대한 체력을 비축하기로 한 것이다.

"두 개의 가문이 왔으니 아직 세 개의 가문이 남았군."

"방계의 가문인가?"

"그런 셈이지."

"자네의 복귀를 달갑지 않게 생각하는 자들이겠군."

아론의 말에 씁쓸한 표정을 지어 보이며 고개를 끄덕이는 길버트. 자신의 귀환을 반기지 않는 자들, 바로 자신의 동생들이었다. 그중 특히 차남과 삼남은 더할 것이다. 사남도 있기는 하지만 그는 뚜렷하게 지지 세력이 없어 자신에게 손을 쓸 정도가 못 되었다.

하지만 차남과 삼남이라면 벌써 가문의 절반에 가까운 세력이라 할 수 있었다. 그러한 그들은 자신의 복귀를 달갑게 여기지 않고 자신의 복귀를 저지하려는 것이다. 또한 그들의 뒤에는 가문을 이끄는 일곱 명의 원로도 있었다.

그들은 이 일곱 명이 감당해야만 했다. 물론 아론에게 친구로 청할 때부터 길버트는 어느 정도 지금의 상황을 예상하고 있었다. 하지만 이렇게까지 지독할 줄은 생각조차 하지 못했다. 그는 단순히 가문만 생각했다.

하지만 이해관계가 얽히고설켜 가문뿐만 아니라 데드 블러드 용병단과 붉은 달까지 꼬였다.

이들은 힘든 여정을 하나씩 하나씩 분쇄해 나가고 있었다. 그러면서 일행은 점점 더 발전해 나갔다.

그것은 자신도 마찬가지였다. 어느새 자신의 마나량은 최상급에 근접해 있었다. 약간의 깨달음만 있다면 최상급에 오르는 것은 일도 아닐 것 같았다. 길버트는 말없이 일렁이는 불꽃을 보며 지난 전투를 돌이켜 봤다.

그리고 깨달았다.

'비워야… 비워야 다시 차는 것이었어. 아!'

순간 길버트는 자신이 최상급에 올라섰음을 깨달았다. 기본적으로 기사들의 승급은 크든 작든 깨달음에 기본을 둔다.

물론 마나량도 마나량이지만 깨달음 역시 무시할 수 없는 것임은 분명했다.

길버트는 여섯 살에 검을 잡은 이후 열세 살에 하급에 들었고, 열여덟 살에 중급, 스물일곱 살에 상급에 들었다. 그는 한마디로 검의 천재라 불리는 인물이었다. 때문에 가문에서 그에게 거는 기대는 실로 대단했다. 가문 최초로 30대에 마스터에 오를 수 있는 천재였으니까 말이다.

하지만 그가 천재적인 능력을 발휘할 때마다 그를 바라보는 질투의 시선과 견제는 더욱더 많아졌다. 그 대표적인 예로 자신의 동생들이었다. 그들 역시 천재가 아닌 것은 아니었다. 하지만 길버트에 비한다면 수재에 가까웠다.

그때부터 형제간의 갈등이 시작되었다. 길버트는 처음에는 그들을 포용했다. 하지만 어느 순간 그들의 질투와 시기가 결코 돌이킬 수 없음을 느꼈고, 자신이 포용할 수 있는 한계를 넘어섰음을 알게 되자 세상 모든 것이 허망하게 느껴졌다.

아직도 그의 뇌리에는 순진하고 천진한 동생으로 기억되는 그들이 자신을 향해 시기와 질투의 감정을 숨기지 않고 세력을 불리며 호시탐탐 자신을 위협하는 것이 현실감 있게 다가오지 않았다.

그러다 서른이 될 즈음 그는 모든 것을 훌훌 털어버리고 가문을 벗어났다. 그리하면 자신의 어깨에 올려 있는 무거운 짐도 사라지고 동생들의 시기와 질투도 사라질 줄 알았다. 하지만 그것은 오산이었다.

자신은 여전히 가문의 후계자였고, 동생들에게 자신은 시기와 질투를 넘어 제거해야 할 대상이 되어버렸다. 피한다고 해서 피할 수 있는 것이 아님을 알게 된 그는 다시 결심했다.

'돌아가자. 돌아가서 바로잡자.'

그래서 자신을 도울 수 있는 자를 포섭했다. 친구라는 올가미를 씌워서 말이다. 한데 시간이 지날수록 자신의 친구가 자신이 어찌할 수 없는 실력자임을 알게 되었다. 그는 자신을 이용하려 들지 않았다.

오히려 위험한 것을 알고 있음에도 불구하고 마치 오랫동안 알아온 친구처럼 어려움을 함께하고자 했다. 그의 진심을 알았을 때 그는 절로 고개가 숙여짐을 느낄 수 있었다. 그는 애초에 자신의 목적을 알고 있었다는 느낌이 강하게 들었다.

하나 내색하지 않았다. 자신이 그를 이용할지라도 그는 이미 그러한 자신마저도 모두 포용하고 있었다. 친구라는 이름하에 말이다.

'그는 어쩌면 내가 택한 것 중 일생일대의 최고의 선물일지

도 모른다.'

그 덕분에 20여 년 만에 최상급으로 오른 자신이다. 그것은 단순히 최상급이라고 간단히 치부할 수 있는 것이 아니었다. 마스터로 들어가는 마지막 관문이었고, 마스터로 갈 수 있는 유일한 길이 열린 것이었으니까 말이다.

"고맙다."

갑작스러운 길버트의 말에 아론은 멀뚱히 그를 바라봤다.

"모든 것이 고맙다. 나의 친구가 되어준 것부터."

"그러든지."

뚱하니 답하는 아론. 그에 길버트는 피식 웃어버렸다. 그조차도 자신이 이런 간지러운 말을 할 줄 몰랐다는 듯이 말이다. 어색한 침묵이 감돌았다. 그 어색함을 깨려는지 제라르가 가장 먼저 깨어나 뭉그적거리며 모닥불로 다가왔다.

"큰형님도 좀 쉬슈."

"싸우지 않으면 쉬는 게지."

"허어~ 그걸 말이라고."

"몸은 괜찮나?"

"뭐 쉬고 마나 호흡을 했더니 훨씬 좋아졌수. 그런데 마나량이 좀, 아니, 많이 늘은 것 같수."

"그러게 말이오."

얀센도 자리를 털고 일어나며 모닥불 곁으로 다가와 앉았다. 확실히 중급에 이른 그들이었기에 회복 역시 빨랐다. 아직 네 명의 용병은 마나 호흡 이후 꿀 같은 잠에 빠져 있었다. 그럴 만도 했다.

그들이 이렇게 편하게 잠든 것이 우든 마을을 떠난 이후 보름 만의 일이었으니 당연했다.

"원래 모든 것은 비워야 채워지는 거다."

"그런 거였수?"

"허~ 저놈들 덕분에 비울 수 있던 것이로군. 이거 꽤 쏠쏠하오."

제라르와 얀센이 돌아가면서 말했다. 말이야 쏠쏠하다고는 하지만 기실 쉽지 않았을 것이다. 마나 홀을 비운다는 것은 그만큼 고통스러웠다는 말이 되기 때문이다. 아니, 고통스러운 것이 아니라 무기력함의 절정이라 할 수 있었다.

그래서 마법사들은 한계까지 마나를 사용하지 않는다. 특히나 마법사의 경우 마나에 민감하기 때문인데, 이들은 아론에 의해 극한에 이를 정도로 마나에 대한 감각을 키웠다. 그런 상황에서 마나 홀을 비운다는 것은 스스로 자살 충동을 느낄 정도라 할 수 있었다.

하지만 이들은 용케 잘 견뎌냈다. 그것은 이들이 오랫동안 전장을 돌며 오랜 경험에 의해 스스로의 감정과 신체를 조절할 수 있기 때문이라고 할 수 있었다. 그리고 그 결과로 이들은 마나를 조금 더 세심하게 다룰 수 있게 되었고, 더불어 마나 홀의 크기를 더 늘리는 효과를 본 것이다.

"한데 말이오. 아직 안 끝난 것이오?"

얀센이 조심스럽게 길버트를 향해 물었다. 그에 길버트가 무겁게 고개를 끄덕였다.

"아무래도 그렇지 않을까?"

그도 확신할 수는 없었다. 더 많은 인원이 올지 아니면 이쯤에서 끝을 맺을지 말이다. 이미 가문과는 확연하게 가까워진 상태였다. 수없이 많은 암습을 받아 정신없이 이동하다 보니 어느새 가문과는 일주일 정도의 거리에 도달한 것이다.

만약 자신의 걸음을 멈추려 한다면 2~3일 내가 가장 적절할 것이다. 한차례 몰아쳤고, 방심하고 있을 시기이기 때문이다.

"어떻게 생각하나?"

"가문 안에 세력이 어떻게 나눠지지?"

길버트의 물음에 아론이 물었다.

"넷째는 지지 세력이 거의 없으니, 둘째와 셋째로 나뉜다고 보면 된다."

"화염대는 누구를 지지하는 세력인가?"

"둘째."

"그럼 셋째가 남았겠군."

"그럴까?"

"그리고 아직 붉은 달도 전력을 다하지 않고 있어."

"그 정도 인원이?"

살짝 놀라는 길버트였다.

"인원이야 언제든지 수급이 가능하겠지. 중요한 것은 그들을 이끄는 수장이 어느 정도의 실력자이냐가 문제이지 않을까? 그들이야말로 붉은 달의 핵심 전력이니까. 그리고 몇 백의 붉은 달이 몰려들었다고는 하지만 솔직히 수적인 것을 제외하고는 어려움이 있었나?"

"그야……."

생각해 보니 없었다. 오히려 데드 블러드나 화염대가 더 힘들었다. 어둠 속에서 암살자보다 귀찮고 위험한 존재는 없었다. 그들은 기본적으로 암습을 하기에 은신과 함께 오로지 상대를 죽일 목적으로 모든 수단과 방법을 동원하기 때문이다.

"아직 간만 보고 있단 말이우?"

"그런 셈이지."

제라르가 고개를 절레절레 저으며 물었다. 솔직히 조금 힘들었다. 얀센도 얼굴이 썩 좋은 편은 아니었다.

"이거 조금 더 빨리 벗어나야 하지 않겠소?"

"그러고 싶지만 과연 그들이 허용할까?"

"끄응. 그도 그렇소."

"미안하게 되었군."

그들의 대화에 길버트가 끼어들었다.

"뭐 미안할 것은 없수. 살아가는 것이 다 그런 거잖수. 그리고 큰형님의 친구라면 당연히 우리에게도 큰형님이 되는 거잖수. 물론 어떻게 생각할지는 모르지만 말이우."

제라르는 어깨를 으쓱이며 말했다. 그에 길버트 역시 설핏 미소를 떠올리며 어깨를 으쓱했다.

"돈을 많이 벌어야겠군. 갑자기 먹여 살릴 입이 늘어서 말이야."

"으허허, 거 무슨……. 난 쬐끔밖에 안 먹수, 큰형님."

웃자고 하는 말일 게다. 지금의 이 지독히 답답한 상황을 벗어나고자 말이다. 그것을 모르는 이는 없었다.

"끄응. 무슨 말을 그리 재미있게 하고 있소?"

그러는 와중에 브라이언이 잠에서 깨어나 물었다. 조금 쉬기는 했지만 완벽하게 회복하지는 못했는지 그의 목소리에는 여실히 피곤함이 묻어 있었다. 그가 잠긴 목소리로 물어오자 기다렸다는 듯이 마이크와 유리, 그리고 니콜라이가 잠에서 깨어났다.

확실히 그들은 브라이언보다 한결 개운해 보이는 표정이다. 마나의 양이라든가 경험적인 면에서는 브라이언보다 못하지만 그들은 브라이언이 가지지 못한 젊음이라는 것이 있었다.

그러하기에 오히려 브라이언보다 더 차분한 모습일 터였다.

"끄음. 이제 나도 늙었나 보군."

그에 브라이언이 앓는 소리를 해댔다. 그에 아론은 가볍게 웃음 지으며 무언가를 각자에게 나눠 줬다. 그들은 엉겁결에 그것을 받아 들었고, 그중 길버트는 살짝 놀란 표정으로 아론을 바라보았다.

"이건······."

아론이 고개를 끄덕이며 말했다.

"마시고 마나 호흡을 하도록."

"하지만······."

"밖은 내가 알아서 하지."

"······."

아론의 말에 말없이 그를 바라보는 일행.

"적은 수가 아닌 듯한데······."

"어차피 입구는 하나야."

"그렇긴 하네만."

아론의 말에 심히 걱정스럽다는 듯이 말하는 길버트였다.

"그렇다고 나와 더불어 저들과 맞설 수 있는 사람은 길버트 자네뿐이지. 그것도 마나를 쥐어짜서 말이지."

"그건······."

사실이었다. 쉬었다고는 하지만 단시간에 회복되기에는 쉽

지 않은 피로감이었다. 그것을 정확하게 꿰뚫고 있는 아론이
다.

"알았수."

그에 제라르가 선선히 답했다. 사실 지금 자신들이 아론을
돕는 것은 오히려 짐이 될 뿐이라는 것을 알기 때문이다. 그
혼자 싸울 수 있도록 자신들은 빠져주고 빠르게 전투를 할
수 있게 회복하는 것이 오히려 그를 도와주는 길이라는 것을
안 것이다.

제라르의 말에 다들 무겁게 고개를 끄덕였다. 동굴의 입구
는 좁았다. 저들이 함부로 동굴 입구로 치고 들어오지 않는
이유가 바로 그것이다. 이미 자신들이 그리 만만치 않은 실력
을 지녔음을 알기에 피해를 최소화하기 위함인 것이다.

"그럼."

아론이 자리에서 일어났다. 그리고 길버트를 비롯한 일행은
곧바로 결가부좌를 틀고 마나 호흡에 빠져들었다. 약간이나
마 소란스럽던 동굴이 갑자기 정적에 빠졌다.

깊은 호흡에 빠진 그들을 내려다본 아론이 유령처럼 자리
에서 일어나 걸음을 옮기더니 손을 가볍게 휘저었다.

우우우웅!

그에 대기가 공명했고, 아론을 제외한 일곱 명의 모습이 순
식간에 사라졌다. 실로 기경할 일임에 분명했다. 하나 아론은

침착하기 그지없었다.

"많이 지쳤을 게다. 깨어나면 조금 달라졌음을 알게 될 게야."

그 말을 남기고 신형을 돌려 동굴 밖으로 걸음을 옮기는 아론.

스스스슷!

그가 한 걸음 옮길 때마다 그의 신형이 조금씩 흔들리며 흐릿해졌다. 그러다 그가 동굴 입구를 벗어나는 그 순간 그의 모습은 그 어디에도 존재하지 않았다.

*   *   *

"저곳인가?"

"그렇습니다."

역시 복면을 한 두 사람이다. 하지만 팔짱을 낀 채 어둠 속의 동굴을 바라보는 복면인의 목소리는 결코 곱지 않았다. 지금의 이 상황이 영 마음에 들지 않는 것이다. 아무리 자신들이 어둠의 일을 한다고 하지만 무려 몇 백이라는 수가 단 몇 사람을 감당하지 못했다.

"겨우 여덟을 어찌하지 못하다니 한심하군."

"그만큼 강하다는 말이 아니겠습니까?"

"강하다라……."

옆에 있던 흑의복면인이 무미건조하게 답하자 잠시 생각에 잠기는 모양이던 팔짱을 낀 자가 고개를 저었다.

"강함이란 상대적인 것이지."

"그 말씀은 저들이 강한 것이 아니라 그들이 약했다는 것입니까?"

"약한 것이 아니라 방심한 것이다."

"믿기지 않는군요. 붉은 달과 데드 블러드였습니다."

"그래서?"

"예?"

"그래서 뭐가 달라지지? 붉은 달이 어둠을 장악하는 세 세력 중 하나라고는 하나 암살자일 뿐이고, 데드 블러드가 용병들의 지지를 받는 세 세력 중 하나라고는 하지만 따지고 보면 패악을 일삼는 도적에 불과하지 않은가?"

"그건 그렇습니다만."

원론적으로는 그랬다. 익스퍼트에 오른 암살자는 없었다. 마지막으로 그들을 이끄는 자가 익스퍼트라면 몰라도 말이다. 그리고 데드 블러드의 용병들 역시 마찬가지였다. 그들 역시 익스퍼트는 없었다.

'하지만 그런 암살자들에게 익스퍼트의 기사들과 귀족들이 죽었습니다.'

이 말이 목구멍까지 치밀어 올랐지만 차마 말할 수는 없었다. 그러기에는 청운대주의 도량이 너무 좁았다.

"화염대주가 방심한 게야. 이런 일에는 일반 대원은 대동하지 말았어야 하는데 말이지. 그랬다면 이렇게 우리까지 나서지 않아도 되었을 텐데 말이야."

"화염대주 역시 일이 이렇게까지 될 줄 몰랐을 것입니다."

"하긴 그렇지. 어쨌든 임무는 임무이니 완수를 해야겠지?"

"그렇습니다."

"그건 그렇고……."

청의 복면을 한 자가 슬쩍 어둠 속을 직시했다. 무거운 침묵이 흘렀다. 그에 청의복면인 중 왼쪽 가슴에 구름 두 개가 각인된 자가 말했다. 아마도 그가 이 무리를 이끄는 대주인 듯했다.

"흥! 혈랑대 따위가……!"

"물론 청운대의 상대는 안 됩니다. 하지만 굳이 청운대가 먼저 힘을 뺄 필요는 없다고 봅니다."

그에 청운대의 대주가 고개를 끄덕였다.

"물론 그렇지. 아무래도 대공자는 조금 어렵거든."

"그렇습니다. 지금 현재 대공자는 계륵과 같은 존재입니다. 그러하기에 주군께서도 굳이 대공자를 제거하라는 말씀을 하지 않은 것입니다."

"그렇지. 그런데 저리 딱 붙어 있으니 어떻게 처리할 수가 없군."

"간단합니다. 분리하면 됩니다."

"호오~ 분리한다?"

청운대주가 턱을 쓰다듬으며 관심을 표명했다. 그러다 문득 물었다.

"한데 대공자와 용병들은 동굴 안에 있단 말이지. 동굴 입구는 좁고 말이야."

"굳이 들어갈 필요가 있겠습니까? 나올 때까지 기다리면 되지 않겠습니까."

"그렇긴 한데……."

망설이는 청운대주. 그에 조언을 하던 청의복면인이 다시 말했다.

"어차피 모두 알고 있는 사실입니다. 삼공자도 아는 일이고 자리를 고수하고 꿈쩍도 하지 않는 용병들도 알고 있습니다. 적어도 이곳에 투입된 모든 이가 다 알고 있습니다. 굳이 눈을 의식할 필요 없습니다."

"그렇군. 생각을 잘못했군. 이미 알고 있는데 말이야. 하면 방법이?"

"우리가 공격하는 모양새를 취하면 삼공자님 휘하의 혈랑대역시 움직일 것입니다. 다급한 것은 우리보다 저들일 테니까 말입니다."

"그럼 그렇게 하도록."

"명을 받듭니다."

청운대주가 그렇게 결정하는 순간 그들이 바라보던 어둠 속에서 혈의복면을 한 이들 역시 청의복면인들을 노려보며 입을 열었다. 그들 역시 가슴에는 혈의보다 더 붉은 표식이 있었는데 늑대의 모양이었다.

"저들이 움직일 생각이 없는 모양이군."

"어부지리를 노리는 모양입니다."

"흥! 어부지리라니. 저따위 저급한 놈들을 두고."

"하지만 대공자의 실력은 어쩔 수가 없습니다."

"그렇지. 그것이 문제야. 현재 혈랑대에서 그를 감당할 만한 자가 없으니 말이야."

"굳이 죽일 필요는 없잖습니까?"

"그야 그렇지. 하지만 지금 이 기회에 대공자를 죽이지 않으면 두고두고 후회하게 될 걸세."

"물론 그렇습니다."

"저 심약한 청운대가 움직이지 않는 것도 역시 그것을 염려한 것이겠고 말이지."

"그럴 것입니다."

검붉은 혈랑 두 마리가 가슴에 새겨진 자가 슬쩍 혈랑 한 마리가 가슴에 새겨진 자를 바라보며 입을 열었다.

"맞장구만 치지 말고 대책을 말해, 대책을. 저 거지 같은 청운대의 코를 납작하게 해줄 대책을 말이야."

"별것 있겠습니까? 그냥 분리하면 되지 않겠습니까?"

"분리?"

"기실 가문의 일원으로서 대공자를 공격한다는 것은 조금 그렇습니다."

"그래서?"

"대공자를 저들에게 넘겨주고 일단 용병들을 잡는 거지요."

"그러다 저들이 대공자를……."

"그것이 가능하다 생각하십니까?"

"청운대의 대주가 랄프 크라운입니다. 그가 아무리 중상급이라고는 하지만 중상급과 상급은 다르지요. 또한 플람베르 가문이 아무리 썩었다고 해도 아직은 대공자라 불리는 자를 함부로 공격하지는 못할 것입니다."

"그야 그렇지만……."

말 그대로 자신 역시 명령을 받기는 했지만 솔직히 썩 탐탁지는 않았다. 그래도 가문의 대공자이다. 정정당당하게 맞선다면 모를까 말이다.

"그래서 저들에게 넘기는 겁니다. 대주께서 그리 여긴다면 청운대주 역시 그리 생각하지 않겠습니까?"

"그, 그렇지?"

"이를 말입니까?"

"좋아!"

결정을 내렸지만 그들은 섣불리 움직이지 못했다. 청운대와 혈랑대 외에 또 다른 세력이 어둠 속에 있었기 때문이다.

"쓰읍! 이거야 원."

그들은 얼굴을 가리지도 않았다. 복장도 통일되어 있지 않았다. 은신조차 하지 않았다. 그저 되는 대로 모습을 드러내고 마음대로 앉아 있었다. 어둠 속에 자리한 동굴을 바라보는, 뺨에 X 자의 칼자국이 난 자가 인상을 있는 대로 쓰고 있다.

그는 우든 마을의 부촌장을 지지하고 있는 블러디 자이언트라 불리는 군드락이었다. 그가 인상을 잔뜩 찌푸린 이유는 바로 어둠 속에 자리하고 있는 두 세력 때문이었다. 결코 호의적이지 않은 그들의 모습에 공격을 해야 할지 말아야 할지 고민하고 있는 것이다.

"야! 저거 공격해야 하나?"

"뭐 하러요."

"그렇지?"

"그냥 복귀할까?"

"기드빈의 잔소리를 견뎌낼 자신이 있다면 복귀해도 되지 않겠수?"

용병의 말에 잠깐 생각에 잠긴 군드락은 몸을 부르르 떨며
고개를 저었다.

"그건… 아무래도 자신 없군. 근데 계속 이러고 있어야겠
냐?"

"냅두슈. 꼭 죽이라는 말도 없었잖수."

"그렇긴 한데 말이야."

"뭐가 그렇긴 한 거유. 그냥 지들끼리 싸우다 뒈지라고 냅
두슈."

"에라, 굿이나 보고 떡이나 먹자."

굳이 힘을 뺄 필요를 느끼지 못한 군드락은 뒤로 벌러덩 누
워버렸다. 이미 협약을 한 붉은 달은 어디를 갔는지 코빼기도
안 보이고 있으니 아무 상관없을 것 같았다.

"뭐 어차피 협공하기로 했으니까."

묘한 분위기에 청운대도, 혈랑대도, 군드락도 움직이지 못
하고 있었다. 팽팽하게 당겨진 긴장 속에 어둠 속을 움직이는
무엇이 있었다. 하지만 그 누구도 그 어둠 속을 유영하듯 움
직이는 그 무엇을 본 사람은 없었다.

숫!

지극히 미세한 소리가 들려왔다. 그리고 한 명의 복면인이
죽음을 맞이했다. 하지만 죽은 복면인은 어디에서도 그 시체

를 찾을 수 없었다. 그리고 어둠은 다시 움직였고, 반대편에
모습을 드러낸 어둠이 다시 움직였다.

숫!

또다시 들려오는 미세한 소음.

그리고 또 한 명의 복면인이 죽었고, 죽은 복면인은 찾을
수 없었다.

그러기를 몇 번. 청의복면인 진영과 혈의복면인 진영에서
동시에 무언가 이상하다는 느낌을 받고 인원을 점검하기 시작
했다.

"뭐? 모자라?"

"그렇습니다."

"얼마나?"

"스물한 명입니다. 그리고 이거……."

그러면서 혈의를 입은 자가 무언가를 건넸다. 그에 혈랑대
주의 눈이 커졌다.

"까드득! 이 개새끼들이!"

그의 손에 들린 것은 청의 한 자락이었다. 혈랑대주의 눈이
맞은편 어둠 속을 향했다. 하지만 맞은편 어둠 속에서도 지금
과 똑같은 상황이 연출되고 있었다.

"혈랑대주 이, 이……!"

차마 입 밖으로 육두문자를 내뱉지 못하는 청운대주. 그의

꽉 움켜쥔 주먹이 부르르 떨렸다.

"혈랑대를 먼저 친다."

"명!"

어두운 숲 속에 살기가 일렁거렸다. 그리고 그 어두운 하늘 높은 곳에서 그 모습을 지켜보며 흰 이를 드러내고 웃는 이가 있었다.

"이이제이라고 하지."

CHAPTER 7

입성 I

어둠 속에서 적의와 청의가 부딪쳤다.

스각! 스카각!

"컥!"

"크흡!"

"너, 너⋯⋯."

"감히 청운대 따위가⋯⋯."

"늑대 새끼들 따위가⋯⋯."

어둠 속에서 비릿한 피 냄새가 사방으로 퍼져 나갔다. 그
진한 피 냄새는 숲을 깨우기에 충분했다.

피 냄새를 맡은 몬스터들의 흉성이 폭발하기 시작했다. 그렇지 않아도 진득한 피 냄새에 일단의 몬스터들과 야행성 동물들이 몰려들고 있었다.

이미 한 번의 접전이 있었으니 말이다. 더욱이 제대로 시체를 묻지도 않은 상태. 지금 이 라이벡 우드는 인간이 내뿜는 진득한 살기와 몬스터와 포식자들이 터뜨리는 광폭한 흉성이 끈적끈적하게 얽혀들고 있었다.

"크르르륵!"

"우워어억!"

그것을 증명이라도 하듯이 몬스터들이 미쳐 날뛰기 시작했다.

"이런!"

그제야 자신들의 실책을 깨달은 혈랑대주와 청운대주, 그리고 군드락이었다.

"후퇴… 한다."

"명!"

까드득!

명을 내린 혈랑대주와 청운대주는 어둠 속에서 서로를 쏘아보며 어금니를 갈아붙였다.

"혈랑대주 네놈……."

"내 반드시 청운대주 네놈의 목을 따고 말 것이다."

그들은 살아남은 대원들을 이끌고 빠르게 물러났다. 그들은 각 가문의 정예들이었다. 몬스터들이 몰려온다 해도 대단위의 오크 무리나 트롤 정도가 아니면 그리 쉽게 당할 이유가 없었다.

용병들 또한 기민하게 움직였다.

"염병. 싸움 구경 좀 하나 싶었는데……."

아쉽다는 듯이 입맛을 다시는 군드락의 모습에 곁에 있던 용병이 고개를 절레절레 저으며 말했다.

"빨리 벗어납시다."

"그러자고."

그들은 이 라이벡 우드를 제집 드나들 듯했다. 그러하기에 어디에 길이 있고 어디에 어떤 몬스터가 있는지 손바닥 들여다보듯 훤히 꿰뚫고 있었다. 라이벡 우드가 깊은 산이라고는 하지만 이미 인간에 의해 안전한 길이 확보된 이상 후퇴하는 데에는 그리 어려움이 없었다.

그것은 청운대나 혈랑대 역시 마찬가지였다. 다만 그들은 자신들이 맡은 임무를 충실히 이행하지 못하고 상대방을 경계하느라 작지만 피해만 입고 복귀한다는 것이 문제라면 문제였다. 그리고 서로에 대한 감정의 골만 더욱 깊어진 채 소득 없이 복귀하고 있었다.

추후에 이것이 자신들에게 어떤 결과를 가져오게 될지 모른 채 그들은 자신들에게 달려드는 몬스터들을 죽여 나가며 차근차근 후퇴했다. 하지만 몬스터들은 끈질겼다. 마치 그들만을 노리는 것처럼 말이다.

"오늘따라 몬스터들이……."

"피 냄새를 맡았기 때문일 겁니다."

"끄응. 그렇겠지."

평소보다 더 끈질기게 달라붙는 고블린을 단칼에 베어내고 검녹색의 체액을 털어내면서 혈랑대주는 짜증스럽다는 듯이 말했다. 그것은 청운대주도 마찬가지였다.

"피 냄새만으로 이런다고 하기에는……."

"이곳은 라이벡 우드입니다. 인간의 피 냄새에 유독 몬스터들이 날뛴다 해도 전혀 이상한 곳이 아닙니다.

"…그렇긴 하군."

오늘 하루 이 라이벡 우드에서 죽어간 이들이 기백을 넘어가고 있었다. 어쩌면 당연한 일일지도 몰랐다. 몬스터들 역시 인간의 신선한 피를 원할 테니까 말이다.

"어쨌든 서두르지."

그의 말에 곁에 있던 청의복면인이 외쳤다.

"서둘러라! 몬스터에 다치는 자는 본가에 돌아가 특별 훈련을 받을 줄 알아라!"

"……."

답은 없었다. 대신 몬스터들을 베어가는 그들의 쌍검이 조금 더 독랄해졌을 뿐. 그렇게 악전고투를 하며 퇴각하는 그들을 검은 하늘 위에서 지켜보고 있는 아론. 위에서 내려다본다면 그를 중심으로 몬스터들이 사방으로 도망가고 있는 형국이다.

아니, 실제 몬스터들은 도망치고 있었다. 그가 내뿜는 절대적인 존재감으로 인해 그의 존재감이 미치는 영역에서 벗어나고 있었다. 인간의 신선한 피 냄새보다 그에 대한 공포감이 더 강했다. 그리고 도망가는 와중에 인간을 만났고, 광폭해진 상태로 덤벼든 것뿐이다.

하지만 혈랑대주나 청운대주, 그리고 용병들은 그것을 알지 못했다. 오로지 아론만 그것을 알 뿐이다. 그렇게 한참 동안 어두운 허공 속에서 절대적인 존재감을 드러내던 그가 서서히 하강하기 시작했다.

그가 내려선 곳은 동굴의 입구였다.

턱!

그가 동굴 입구 바닥에 발을 내디딜 즈음 길버트가 기다렸다는 듯이 모습을 드러냈다. 그가 멍한 얼굴로 아론을 바라봤다.

"믿을 수 없군."

"뭐가 말인가?"

태연하게 반문하는 아론.

"자네가 사람이 맞기는 한가?"

"왜, 마족이라도 될까봐?"

"지금 그것을 심각하게 고려해 볼 참이네."

"좀 달라진 것 같군."

"괴물 같은 친구 때문에 완벽하게 최상급으로 들어섰네. 고맙군."

"다행이로군. 받아들일 재질이 되어서 말이야."

"큭! 이래 보여도 가문에서는 나름대로 천재로 불렸네."

"그 정도 지원에 그 정도의 경지에 이르지 못한다면 그것이 더 이상한 일이 아닌가?"

"끄응. 이거야 원."

그들의 대화는 한층 자연스러워졌다. 뭐랄까, 처음엔 무언가 벽이 있다는 느낌이 있었다. 대화를 함에 있어서나 행동을 함에 있어서 말이다. 하지만 지금은 마치 몇십 년을 알고 지내온 친구처럼 허물이 없었다.

"이제야 친구가 된 것 같군."

아론의 말에 길버트가 흠칫 놀라며 쓰게 웃었다. 그의 말이 무슨 말인지 아는 탓이다.

"미안하군. 내가 먼저 친구를 청했음에도 자네를 경계했군."

"이해 못 할 일은 아니지. 진정 친구가 되고 싶어서 친구가 된 것이 아니라 어쩌면 아무것도 없는 자네의 세력이 되어줄 사람이 필요했겠지."

"끄응."

아니라고 부정하지 못하는 길버트였다. 사실 그랬다. 일단 회색의 숲에서 아론의 실력을 충분히 견식했고, 그가 자신을 그리 나쁘게 생각하지 않는다는 것도 인지했다. 또한 자신 역시 아론 정도의 인물이라면 충분히 관계를 개선할 의향이 있었다.

그래서 의도적으로 그를 친구라는 이름으로 옭아매려 했다. 물론 그것은 촌장 아들의 의도와 자신의 의도가 기가 막히게 맞물린 탓도 있었다.

촌장의 양아들 체바로는 우든 마을 소속의 용병을 축내지 않고 길버트에게 부담을 지우고 그 부담으로 길버트와, 아니, 플람베르 가문과 연결 고리를 만들 수 있었다. 길버트는 길버트 나름대로 본가에 복귀하면서 자신의 세력이 되어줄지 모를 이를 포섭하는 의미가 컸다.

'물론 10년 동안 군 생활 중의 인연도 중요하지. 하지만 그들은 결국 군인. 나와는 갈 길이 다르고 지금 당장 몸을 뺄 수 없지. 하지만 이들은 다르다. 실력은 물론이고 상당히 믿을 만하다는 점에서 말이지.'

그렇게 친구가 된 아론이라는 존재는 이미 지위나 작위를 뛰어넘는 존재였다. 또한 그에게는 사람을 끌어들이는 묘한 매력이 있었다. 제라르처럼 편하거나, 얀센처럼 듬직하거나, 브라이언처럼 박식하다거나 하는 점은 모르겠다. 하지만.

'단지 그는 상황을 명확하고 간단하게 해결하는 재주가 있지. 방금처럼 말이지.'

기실 그는 아론이 결계를 치고 동굴 밖으로 벗어나 모든 상황이 어느 정도 진행될 즈음 깨어났다. 그리고 그는 어둠 속에서 그 모든 것을 일목요연하게 지켜볼 수 있었다. 적어도 그가 볼 수 있는 한도 내에서는 말이다.

'그리고 깨달았지. 내가 재단할 수 있는 존재가 아니라는 것을 말이야.'

그래서 그를 있는 그대로 인정해 버렸다. 그랬더니 벽이 사라졌다. 있는 그대로의 그 모습이 눈에 보였다.

"목적이 있었으니까."

"그렇지. 여러 모로 못난 친구 때문에 자네가 고생했군."

"뭐 플람베르 가문의 차기 가주가 될 만한 사람이 진정한 친구라면 그리 나쁘지만은 않군."

"그런가? 그렇게 생각해 준다면 나로서는 참으로 다행이로군."

그에 아론은 그의 어깨를 툭툭 치며 말했다.

"나도 꿈이 있어 자네를 친구로 받아들였네."

"꿈? 어떤?"

"용병들의 대지."

"허어~ 그건……."

"모든 용병의 꿈이지. 이룰 수 없는 꿈. 그래서 자네를 이용해 보려 했다네. 그러니 뭐 그렇게 죄스러워할 필요는 없네."

아론의 그 말에 잠시 멍하니 있던 길버트가 이내 박장대소를 터뜨렸다.

"아하하하하! 이거 한 방 먹었군. 어쨌든 상관없어. 마흔 다섯 해를 살아오며 처음으로 진정한 친구를 얻었으니 말이야."

그러면서 아론을 따라 동굴 안으로 들어가는 길버트였다. 그의 걸음은 한결 가볍고 자신감에 차 있었다. 그가 동굴 안에 도착했을 때는 이미 아론이 결계를 해제하고 모두 깨어나 있었다.

"다 갔수?"

마치 손님을 배웅했느냐는 듯이 묻는 제라르. 그 역시 어느새 완숙한 중급에 이르러 있었다. 희미하게 코끝을 간질이는 혈향을 통해, 예전보다 몇 배는 밝아진 감각에 의해 이 동굴을 중심으로 정적이 퍼져 나가고 있음을 느낀 것이다.

"갔겠지."

"배웅 좀 잘 해주지 그러셨소."

아론의 말에 얀센이 히죽 웃으며 말했다. 그 역시 지금의 상황을 파악한 것이다. 그에 아론이 고개를 주억이며 말했다.

"이제 좀 살 만한 모양이로군."

"힘이 넘쳐서 탈입니다."

가장 나이가 많은 브라이언이 짐짓 알통을 들어 보이며 말했다.

"어이고, 영감님도. 어디 힘 쓸 데나 있다고."

그에 마이크가 이죽거리며 농을 던졌다.

"이늄아, 아직 청춘이다."

"청춘은 무슨……."

하지만 그들의 대화 속에는 진한 동료애 이상의 것이 담겨 있었다. 그들은 꺼져가는 모닥불에 장작을 넣어 동굴을 환하게 밝히는 불을 보며 환하게 웃었다.

"다행이군."

"뭐가 말이우?"

아론의 말에 제라르가 반문했다.

"모두 하나가 된 듯해서."

"허허허, 그게 다 마스터 때문이 아니겠습니까?"

브라이언의 말에 다들 서로의 얼굴을 바라봤다. 다름 아닌 그가 입에 담은 마스터라는 말 때문이다. 대장도 아니고 조장도 아니고 마스터란다. 어느 하나에 정점을 이룬 마스터 말이다. 그에 마이크와 유리, 그리고 니콜라이 쌍둥이 형제가 동시에 웃었다.

"으허허, 마스터. 그래, 마스터가 맞구만. 영감이 오랜만에 맞는 말을 했네. 대장이 아니지. 마스터지, 마스터야."

무엇이 그리 좋은지 너털웃음을 터뜨리며 웃는 마이크와 쌍둥이 형제였다. 사실 그동안 아론을 어떻게 불러야 할지 몰라 상당히 난감했다. 어떻게 보면 그는 자신들에게 있어서 생명의 은인이다.

거기에다 새로운 삶을 살게 해준 사람이고 말이다. 제라르나 얀센처럼 그를 형님이라 부를 수도 없었다. 또한 대장이라 부르기에도 입이 잘 떨어지지 않았다. 그러던 와중에 브라이언이 그를 마스터라 부르자 오랜 숙변을 쏟아낸 듯 즐거워했다.

"그 간단한 것을 가지고 그렇게 고민했다니. 아이고, 이런 돌대가리."

유리는 자신의 머리를 두드리며 자책했다. 너스레를 떠는 그들을 보며 아론이 고개를 주억거렸다.

"마스터라는 것이 무엇을 의미하는지 알고 있나?"

"모를 수 없지 않습니까?"

브라이언이 진중하게 말했다. 그에 덩달아 쌍둥이 형제와 마이크의 표정도 역시 진중해졌다.

"마스터는 우리의 생명의 은인이고 새로운 삶을 살게 해준 사람입니다. 이런 사람이 마스터가 아니면 대체 누가 마스터 겠습니까?"

"내가 죽으라고 해도?"

"어허~ 마스터, 마스터가 그럴 리는 없겠으나 죽으라 하면 죽겠소. 까짓, 마스터가 준 목숨 아니오. 내가 배운 것은 없지만 이것은 알고 있소. 세상에는 당연한 것도 없고 공짜도 없다는 것을 말이오. 목숨을 받았으니 목숨으로 갚는 것이 맞소."

"단지 목숨 때문인가? 그러면 나를 마스터라 부르지 않아도 되네."

마이크의 말에 아론은 굳이 마음에도 없는 짓을 하지 않아도 된다는 듯 말했다. 그에 쌍둥이 형제 중 니콜라이가 손사래를 치며 말했다.

"꼭 그런 것만은 아니거든요. 글고 사람이 은혜를 모르면 사람이 아니거든요. 울 형제는 무식해서 잘은 모르겠으나 그것이 사람의 도리라는 것은 알고 있거든요."

"니콜라이의 말이 맞지라. 글고 이곳까지 옴서 나도 충분히 마스터의 능력을 봤지라. 저그 마스터의 친구 분도 계시지만 솔직허게 마스터의 지휘 아니었으믄 울 중 누구 다리몽댕이 하나 뿌라져도 뿌라졌겠지라. 근디 이렇게 성한 몸으로 그것도 그렇게 바라고 바란 익스퍼트가 되어서 있지라."

사투리와 표준어가 섞인 니콜라이와 유리의 말이었다. 그 둘은 참 구분하기 편했는데 니콜라이는 언제나 말미에 ~거든요를 붙이고, 유리는 ~지라를 붙였다. 얼굴로 봐서는 절대 구분할 수 없지만 말투를 들으면 단박에 누가 누구인지 알 수 있었다.

"맞는 말입니다. 그래서 마스터라 한 것입니다. 무식해도 사람의 도리는 아니까 말입니다."

"그렇다면 상관없겠지."

아론의 승낙에 네 사람의 얼굴을 금세 환해졌다. 자신들이 인정받았으니 말이다.

"훌륭한 수하를 거뒀군. 축하하네."

길버트가 그렇게 축하해 줬다. 하지만 아론은 고개를 저었다.

"저들이 나를 마스터라 부르지만 저들은 내 수하가 아니야."

그에 네 사람의 얼굴이 살짝 어두워졌다. 인정받지 못한 것인가 하는 얼굴을 하면서 말이다.

"저들은 내 동료이네. 위험할 때 내 등을 맡길 수 있는 동료 말이야."

그의 말에 네 사람의 얼굴이 미미하게 꿈틀거렸다. 격동한 것이다. 수하로서가 아닌 동료로서 자신들을 받아준 것에 대해서 말이다. 그에 길버트가 너털웃음을 터뜨렸다.

"어허허허, 우직하고 믿음직스러운 친우는 어디 가고 노회한 귀족이 내 앞에 있는 것 같군."

담담하게 감동과 함께 충성심을 이끌어내는 아론의 말을 듣고 중앙의 정치를 일삼는 노회한 귀족이 생각난 듯이 말하는 길버트였다.

"아이고~ 큰형님은 참. 어찌 아론 큰형님을 그따위 것들과 비교하우."

"아하하, 말이 그렇다는 게지. 배운 게 도둑질이라고 생각나는 것이 그것밖에 없는데 어찌하나."

"아무리 그래도 아론 큰형님을 그들에게 비유한 것은 잘못된 거요."

"알았네, 알았어. 이거 말 한번 잘못했다가 제대로 당하는군그래."

얀센까지 가세하자 어쩔 수 없다는 듯이 두 손을 들어 올리며 항복의 표시를 하는 길버트였다. 그의 웃음엔 사심이라곤 없었다. 그들이 왜 자신의 말에 이렇게 날카롭게 대응하는지 아는 탓이다.

그때 아론이 조용하게 입을 열었다.

"이미 그와 나는 벽이 허물어졌다."

"잉? 무슨 벽 말이우?"

"진정한 친구가 되었다는 말이지."

"아!"

그에 무슨 말인지 알겠다는 듯이 여섯 명이 동시에 고개를 끄덕이며 탄성을 질렀다.

그들도 알고 있었다. 길버트가 아론을 친구로 삼은 것은 결코 좋은 목적이 아니라는 것을 말이다. 그래서 아론이 그를 친구라 하기에 예의상 큰형님, 혹은 형님이라 부르기는 했으나 그를 진정으로 형님으로 생각하지는 않았다.

귀족은 아니어도 그는 기사였고, 군대에서는 상관이었으며, 태생이 다르다는 선민의식을 가지고 있는 가문의 대공자였으니 말이다. 하지만 아론의 그 한마디로 모든 것이 정리되어 버렸다.

"큰형님이 그렇다면야……."

"그런 것이겠지요."

너무나도 간단하게 제라르와 얀센이 인정해 버렸다. 그만큼 그들은 아론을 믿었다. 이미 친형제 이상으로 말이다.

"고맙군."

그에 길버트가 밝은 목소리로 말했다. 아론의 말 한마디에 자신은 일행으로 인정받았다. 하지만 그것이 자존심 상한다거나 혹은 인정할 수 없는 일이라거나 하는 그런 마음은 조금도 들지 않았다.

마치 그것이 당연하다는 느낌이 들었다. 그는 시종일과 흐뭇한 미소를 떠올렸다.

'이것이 친구인 게지. 아무것도 전제로 하지 않은, 진정한 믿음과 신뢰를 전제로 한 친구지.'

사실 이런 관계는 상당히 어색하고 새로웠다. 평생을 도산 검림과 이해관계 속에서 살아온 그로서는 말이다. 그저 함께하는 것만으로도 마음이 든든해지는 이런 관계가 말이다. 그래서 기꺼웠다.

'내가 변하지 않는다면 모를까, 이들이 변하지는 않겠군.'

그런 생각이 들었다. 바로 아론에 의해서 말이다. 그러다 지금 이 순간에도 계산적으로 저들을 판단하고 있는 자신을 보며 피식 웃어버리는 길버트였다.

'마흔다섯 해를 살아온 성정은 어쩔 수 없는 건가?'

어쩔 수 없었다.

'이들과 함께하려면 나는 많은 것을 바꿔야만 하겠구나.'

그러면서도 손해 본다는 느낌은 없었다. 그저 좋은 사람들을 만나게 되어서 진심으로 고맙다는 생각이 들 뿐이었다.

"이제 어쩔 생각인가?"

아론이 모닥불을 물끄러미 쳐다보며 길버트에게 물었다. 그에 모든 시선이 길버트에게로 향했다. 그에 흐뭇한 표정을 지어 보이던 길버트의 안색에 순식간에 삭풍이 몰아쳤다.

"갚아줘야겠지."

"그것은 이미 기정사실 아닌가?"

"그랬지. 하지만 조금 망설였다네. 내가 과연 할 수 있을지에 대해서 말이지."

"그런가?"

"분명 그랬네. 하지만 이제는 그것이 가능하다는 생각이 드는군. 자네들과 내 앞에 있는 동생들로 인해서 말이지."

그는 제라르와 얀센 등을 동생들이라고 표현했다.

"믿을 수 있는 사람이 이렇게 함께하니 불가능할 것이 무에 있겠는가?"

"그런가? 그렇다면 다행이로군."

"다만 자네와 동생들이 불편해질까 저어될 뿐."

"불편한 것은 없네. 친구를 돕는 일이니."

"우리 마음이 형님의 마음과 꼭 같소."

얀센이 모두를 대표해 말했다. 그에 길버트가 밝게 웃었다.

"하하하, 든든하군."

아론이 고개를 끄덕였다.

'이제야 하나가 되었군. 이러면 가능성이 조금 더 늘어나게 되지.'

표정으로는 드러나지 않았지만 만족한 아론은 자리를 툭툭 털고 일어났다. 그에 모두 자리에서 일어났다. 이제 다시 밖으로 나가서 현실과 마주해야 할 시간이었다. 니콜라이가 발로 꺼져가는 모닥불을 툭툭 건드렸다.

푸석한 연기가 일어나고 아직 살아남아 있던 불씨가 타올랐지만 그런 것쯤은 아무렇지도 않다는 듯한 그의 모습. 자세히 보면 그의 발에는 약간의 서리가 앉아 있었다.

치이익! 치익!

연신 기이한 소리를 내며 불씨가 꺼져갔다. 참으로 신기한 일임에도 불구하고 다들 데면데면한 얼굴이다. 그럴 수밖에 없는 것이 일단 익스퍼트에 들면 모든 이가 4대 속성 중 하나로 한 자신만의 절기를 갖게 된다.

즉 물, 불, 바람, 대지의 속성이 마나에 깃드는 것이다. 물론 가끔 뇌 속성이나 기타의 속성이 깃들기는 하지만 그런 것은 특이한 경우이다. 그것을 보자면 길버트야 당연히 불 속성이겠고, 제라르와 마이크는 바람, 브라이언은 대지, 유리는 불 속성이고 니콜라이는 물 속성이었다.

그런 니콜라이가 물 속성의 마나로 불을 끄는 것은 그리 대단한 일도 아니었다. 물론 이제 겨우 익스퍼트에 진입한 지 얼마 되지 않았음에도 신체의 각 부분이나 혹은 무기에 물 속성의 마나를 자유자재로 수발한다는 것은 실로 놀라운 일이었다.

적어도 하급 중 최상급에 해당하는 마나 수발 능력이었으니 말이다. 하지만 중요한 것은 여기 있는 모두가 마법사만큼이나 마나를 자유자재로 수발한다는 것이었다. 그러니 그의 그런 행동이 놀라움을 자아낼 만큼 대단하게 여겨지지 않는 것은 분명했다.

그들이 모든 준비를 마치고 동굴 밖으로 나왔을 때는 세상이 훤하게 밝아져 깊은 숲의 아름다운 절경이 모습을 드러내고 있었다. 그들은 동굴 앞에서 잠시 세상을 밝히며 떠오르고 있는 태양을 바라봤다.

싱그럽기 그지없는 모습이다. 그들은 마치 무언가에 홀린 듯이 대자연의 장엄함과 신비로움을 만끽하는 것 같았다. 아론을 제외한 일곱 명은 마치 바질리스크의 석화 마법에 걸린 듯 미동조차 하지 않고 자욱한 안개와 그 안개를 밀어내며 세상을 빛으로 물들이는 태양을 바라봤다.

'깨달음인가?'

순간 아론은 직감했다.

깨달음이란 마스터만이 얻는 것이 아니었다. 익스퍼트라

해도 그 중간중간 작고 소소한 깨달음이 없다면 결코 상위의 단계로 오를 수 없었다.

물론 그 깨달음이 마나의 절대량을 넘어서지 못해 오로지 마나량만으로 익스퍼트, 혹은 마나 블레이드의 형태만으로 익스퍼트의 등급을 나누기는 하지만 마나의 수급 부분에 있어서 그 깨달음이 작용하는 것은 실로 지대하다고 할 수 있었다.

아론은 다시 한 번 공간 결계를 시전해 그들을 보호했다. 자신이 씨앗은 뿌렸으나 그 씨앗을 개화하고 자라게 하는 것은 오로지 그들 자신만의 힘이었다. 그리고 일곱 명이 이렇게 한꺼번에 대자연의 장엄함에 압도되고 그 속으로 빨려들어 작으나마 깨달음을 얻는 것은 그리 쉽게 볼 수 있는 광경이 절대 아니었다.

'좋은 일이지. 앞으로 이들의 힘이 절대적으로 필요할 테니까.'

동료가 강하면 강할수록 좋다. 하물며 그 동료의 수준이 타의 추종을 불허하고 절대적으로 자신을 믿으니 이보다 좋을 수 없지 않겠는가?

스흐으으~

그들의 전신에서 기이한 소리가 흘러나왔다. 그리고 아론은 볼 수 있었다. 그들 사이에 휘몰아치고 있는 마나의 폭풍을 말이다. 다만 그 폭풍이 마치 자신의 주인을 보호하기 위하여 움직이듯 일렁거렸으며, 서로의 단점을 보완하듯 끊임없이 교류하고 있다는 것이 다른 점이라면 달랐다.

'서로를 진정한 동료로 인정했기에 가능한 현상이겠지.'

그랬다.

서도 등을 맡길 수 있는 진정한 동료라는 의식을 가지지 않은 한 불가능한 마나의 교류였다. 웬만해서는 보기 드문 현상이 지금 이들 일곱 사람 사이에서 벌어지고 있는 것이었다. 그에 아론이 자신의 마나를 조금씩 풀어 한쪽으로 치우치려는 마나를 다독여 원활하게 연결시킨 것도 단단히 한몫하고 있었다.

아니, 아론이 아니었다면 불가능했을지도 몰랐다. 지금 이곳은 그들만의 공간으로 오로지 세상의 모든 것을 포용할 수 있는 아론의 마나로 창조된 공간이었으니 더함도 모자람도 없었다.

그렇게 얼마의 시간이 흘렀을까? 마침내 한 명 두 명 호흡을 가다듬으며 깊고 깊은 호흡에서 깨어났다.

"아!"

"흐우우~"

약간은 달달한 탄성과 함께 눈을 뜬 일곱 명. 깊은 호흡에서 깨어난 그들은 자신의 변한 모습에 살짝 당황하는 모습을 보였다.

"이게……."

"다들 축하한다. 특히 길버트 자네는 더욱 축하해줘야겠군."

아론의 말에 다들 길버트를 바라봤다.

그에 그들의 눈가가 잔잔하게 떨리고 있었다. 길버트의 모습은 변한 것이 없었다. 하지만 그들은 본능적으로 그가 거대한 벽을 무너뜨리고 뛰어넘었음을 직감할 수 있었다.

무언가 거칠고 쫓기는 듯한 그의 모습이었다. 하지만 지금 이 순간 그는 한결 여유로워졌으며, 타는 듯하고 거세게 일렁이던 모든 것이 사라지고 주변 사람들을 잔잔하고 안온하게 하여 기분 좋은 따뜻함을 전해주고 있었다.

"형님, 축하합니다."

"큰형님, 축하하우."

축하의 말이 잇달았다. 처음 길버트는 그들의 축하에 어리둥절하더니 이내 부드러운 미소를 떠올렸다. 그러면서 아론을 보며 '입을 열었다.

"모두 아론 덕분이지."

"난 한 일이 별로 없네. 키우고 단련하는 것은 모두 스스로의 몫이니 말이야."

"하나 가장 중요한 씨앗을 심어주고 키우고 단련토록 토대를 마련해 준 이는 자네지."

"그건 그렇군. 그러면 그 칭찬을 받도록 하지."

"하하하하!"

아론의 말에 하늘을 향해 턱을 치켜세우며 웃음을 터뜨리는 길버트였다.

"그런데 말이우, 원래 이렇게 거대한 벽을 깨면 막 악취가 나고 허물이 벗겨지고 뭐 그런 거 아니었수? 듣기로는 그러던데 말이우."

"이곳은 인외의 공간이기 때문에 그럴 것이네."

아론이 답하는 것이 아니라 길버트가 답했다.

"그게 무슨 말이오?"

답답한지 얀센이 물었다.

"이곳은 외부 공간과 차단되어 있는 아론이 만든 공간이지. 몸이 축축하게 젖을 정도로 마나가 충만하고 세상의 더러움이란 존재하지 않는 공간 말이야."

"그런……."

뭔가 알 것 같기도 하지만 전혀 알 수 없는 말이었다.

"굳이 생각할 필요 없다. 너희들도 벽을 넘게 되면 자연스럽게 알게 될게다."

"아따, 그러지 말고 알려주슈. 궁금해 죽갔구만."

제라르가 보챘다. 그에 아론이 피식 웃으며 말했다.

"이곳은 오로지 나만의 공간이다. 외부의 공간과 차단되었다. 그 말은 지극히 순수한 공간이라는 것이다. 그러하기에 큰 깨달음을 얻어 마스터가 된 길버트나 작은 깨달음일지라도 한 단계씩 진보한 너희들이나 모두가 지극히 순수해지는 공간이라는 것이다."

"······."

그래도 잘 모르겠다는 듯이 머리를 긁적이는 제라르. 비단 그뿐만 아니었다. 이곳에서 아론의 말을 이해하고 있는 이는 오로지 길버트뿐이었다. 마스터란 육체적인 완성도 있지만 정신적인 확장도 함께 가져오기 때문이었다.

"악취나 허물은 내부와 외부의 불일치에서 오는 불협화음이다. 한데 내부와 외부가 일치하니 그런 것을 겪을 일이 없지. 흘러나옴과 동시에 사라지고, 허물 역시 마찬가지인 것이다."

"아! 그런······."

대충 이해는 됐으나 완벽하지는 않았다. 다만 한 가지는 확실했다.

'형님이 강하다는 거 아니우.'

강해도 그냥 강한 것이 아니라 공간을 따로 만들어 타인의 내부와 외부를 하나로 만들 정도로 강하다는 것이었다.

'마치 전설의 드래곤처럼 말이지.'

'혹시 마스터께서 드래곤이 아닐랑가……'

'에이, 설마……'

모두 다른 심중이기는 했지만 그들이 지금 느끼는 감정은 하나였다. 강하다는 것. 세상을 두 쪽 낼 정도로 강하다는 것 말이다.

"이제 가지."

어쨌든 그들은 아론을 따라나섰다. 아론을 따라나서는 그들의 얼굴에는 잔잔한 미소가 떠올라 있었다. 다른 이들 같았으면 기뻐 어쩔 줄 몰라 했겠으나, 그들은 이미 백전노장이요 닳고 닳아 자신의 감정 정도는 어느 정도 다스릴 수 있을 정도의 이들이었다.

하급에 입문한 지 얼마 되지 않아 중급에 든 네 사람은 물론이고 몇십 년을 하급으로 전전하다 아론을 만난 이후 마치 물 만난 물고기처럼 단숨에 상급까지 치고 올라가 버린 제라르와 얀센. 그들은 솔직히 지금 이 상황이 가능하기나 한 것인지에 대해 의문을 품지 않을 수 없었다.

하지만 그것은 그저 의문일 뿐, 그들의 시선은 오로지 한 사람의 등에 꽂혀 있었다.

바로 아론의 등이다.

지금의 자신들을 있게 한 부정할 수 없는 존재. 형님이요 스승과 같은 존재. 그가 아니었으면 자신들은 여전히 타 기사들에게 괄시 받고 있을 것이고, 죽을 둥 살 둥 하며 전장을 전전하고 있을 것이 분명했다.

'하지만 아론 큰형님을 만나고 나서 모든 것이 변했지.'

모든 것이 완벽하게 변했다. 플람베르 가문의 차기 가주인 후계를 형님으로 두었고, 어쩌면 드래곤일지도 모를 사람 같지도 않은 자를 큰형님으로 두었다. 그리고 자신은 일곱 개의 기사 가문 중 서열 2위의 플람베르 가문으로 향하고 있었다.

그것도 의동생의 자격으로 말이다. 실로 대단하지 않은가 말이다. 어디 잘나가는 용병들에게 물어보라. 플람베르 가문의 후계자를 큰형님으로 둘 수 있는지. 없을 것이다. 아마도 그 소리를 들으면 미친놈이라고 욕이나 듣지 않으면 다행이다.

'으흐흐흐.'

숨길 수 없는 기쁨에 절로 입가에 음흉한 미소를 떠올리게 만들었다. 그는 슬쩍 형님인 얀센을 바라봤다. 그때 딱 둘의 시선이 부딪쳤다. 얀센 역시 입가에 엷은 미소가 떠올라 있다.

끄덕!

같은 마음이리라. 그것은 그들의 뒤를 따르는 네 명의 용병 역시 마찬가지였다. 그들이 아론을 보호하는 것이 아닌 오히려 보호 받아야 할 대상임에도 불구하고 그들의 얼굴은 뿌듯함과 함께 열의에 가득 차 있었다.

하지만 그러한 그들보다 가장 큰 기쁨을 누리고 있는 이는 역시 길버트였다. 그는 겉으로는 크게 내색하지 않았지만 아직도 심장이 쿵쾅거리고 있었다. 자그마치 마스터이다. 가문에서 자신과 같은 이른 나이에 마스터에 오른 이는 아무도 없었다.

자신의 아버지만 해도 마흔아홉에 마스터에 올랐다.

그 당시에도 가문에서는 1백 년에 한 번 날까 말까 하는 천재 중의 천재라 일컬어진 아버지였다. 그리고 부단히 노력을 경주한 끝에 마스터의 끝자락을 넘고 그레이트 마스터에 올랐다.

그 기간이 장장 40년이었다. 마흔아홉에 마스터가 되어 다시 그레이트 마스터가 되는 데 40년의 시간이 또 걸린 것이다. 그러함에도 불구하고 자신의 아버지는 이제 겨우 40대로밖에 보이지 않는다. 또한 가문의 원로들에게 절대적인 지지를 받고 있다.

하지만 너무 오랫동안 가문을 이끌어와서인지, 아니면 더 높은 경지인 그랜드 마스터에 대한 끊임없는 목마름 때문인지는 모르겠으나 점점 가문의 일에서 손을 떼고 있었다. 그러하기에 가문은 파벌이 생겨나고야 말았다.

가주가 그레이트 마스터로 정정하지만 이미 가문의 일에 거의 손을 놓고 있는 상황. 당연히 차기 가주의 자리를 놓고 대립이 시작되게 마련이다. 그런 대립에 진절머리가 난 길버트는 가문을 뛰쳐나왔지만 이제는 다시 가문으로 걸음을 옮기고 있었다.

자신의 존재가 잔잔하던 호수에 던져진 돌멩이와 같은 존재가 될 것이라는 것을 알고 있음에도 불구하고 말이다. 그가 가문으로 복귀하기로 결심한 데에 가장 결정적인 이유는 가족의 연이 자신이 끊는다고 해서 끊어지는 것이 아니라는 것 때문이다.

자신이 죽지 않으면 결코 끝나지 않을 권력 싸움이었다. 배다른 형제들이라고는 하나 형제는 형제이기에 모든 것을 양보했는데 양보한다고 해서 결코 자신에 대한 경계가 끝난 것은 아니었다. 그래서 결심했다.

'끊어내지 못할 바에는 차라리 뛰어들어 스스로 정리하는 것이 맞겠지.'

군부에 몸담으면서 그가 깨달은 것이 있다면 사람을 대하는 것에 대해서였다.

'인의로 대하는 방법이 있는가 하면 절대적인 힘을 보여 무릎 꿇게 하는 방법이 있다. 이미 인의로 그들을 대하는 방법이 틀어졌으니 절대적인 힘으로 그들을 굴복시키고야 말겠다.'

그의 심경적인 변화에서 가장 많은 부분을 차지한 것은 역시 가문을 떠났음에도 불구하고 자신을 죽이기 위해 암살자를 보낸 자신의 이복동생들 때문이었다.

자신의 동생들은 결코 과거 그가 생각하던 귀엽고 세상 물정 모르는 이들이 아니었다.

이미 권력의 노예가 되어 있었고, 그 권력을 위해서라면 친족쯤은 눈 하나 깜짝이지 않고 죽일 수 있는 괴물들이 되어 있었다.

'그렇다면 나 또한 괴물이 되어주지.'

왠지 아론과 함께라면 그럴 수 있을 것 같았다.

'감히 장담하지만 인세에서 그를 어찌할 수 있는 자는 극히 드물 것이다.'

그랬다. 아니, 그렇게 느꼈다.

익스퍼트일 때에는 마스터가 아닐까 하고 생각했다. 하지만 정작 마스터에 오르자 다시 생각을 바꿀 수밖에 없었다.

'아버지는 화산과 같다. 하나 이 친구는 마치 공기와 같다.'

압도적인 존재감? 비교할 수 없는 압박감? 전혀 없었다. 하지만 없으면 죽는다. 마나와는 또 다른 존재. 짧은 기간이었지만 아론은 지금 그와 같은 존재가 되어버렸다.

'그는 내 일생일대 최고의 선택이었다.'

그랬다.

물론 지금에 와서 그렇게 생각하는 면도 없지는 않았다. 사실 최초에는 지푸라기라도 잡는 심정으로 그를 택했으니까 말이다. 그저 지푸라기인 줄 알던 그가 이제는 자신에게 있어서는 전설의 드워프들이 미스릴로 만든 동아줄이 되었으니 말이다.

비록 어려움은 있었으나 그들은 그 어려움을 모두 깨뜨리고 플람베르 가문으로 향할 수 있었다.

동굴을 나선 이후 그들은 단 한 번도 습격을 받지 않았다. 때문에 그들은 이동하면서 새로운 경지를 몸에 체화시키는 작업을 수행할 수 있었다.

익스퍼트 중급자로서, 혹은 상급자로서, 그리고 마스터로서 말이다.

아론을 제외한 여덟 명은 라이벡 우드의 모든 몬스터를 사냥했다. 또한 그러는 와중에 마도 시대에 만들어진 것으로 보이는 던전까지 개척할 수 있었다.

흔히들 전설의 시대라고 일컬어지는 상고 시대가 있는데 그 가장 첫째가 천족과 마족의 싸움으로 중간계가 탄생하는 신화시대라 할 수 있었다. 마족과 천족의 전쟁이 무승부로 끝나고 공존의 시대가 왔고, 중간계는 마법과 검이 극도로 발달한 마도 시대가 시작되었다.

마도 시대는 1천여 년의 시간 동안 지속되었으며, 수없이 많은 마구스(9서클 마스터)와 그랜드 마스터가 모습을 드러냈다. 하지만 인간의 욕심은 끝이 없었으니 그들은 마침내 신에게 도전장을 내밀었다.

신에게 도전장을 내민 세력이 있었으니 마법사를 주축으로 한 바벨의 탑과 기사들이 주축이 된 에퀘스의 성역이었다.

그들의 힘은 실로 대단하여 수십, 수백의 마구스와 그랜드 마스터가 있어 중간계의 조율자인 드래곤을 전멸시킬 정도였다.

하나 결국 그들은 인간이었다. 신들이 노여움에 바벨의 탑과 에퀘스의 성역, 그리고 대지에 신들의 분노가 떨어져 내리자 결국 바벨의 탑은 무너져 내리고 에퀘스의 성역에 든 기사들은 피를 토하며 쓰러져 갔다.

암흑이 찾아왔다.

전설의 시대라 불리는 마도 시대는 그렇게 처절하게 끝이 났고, 이후로 길고 긴 암흑의 시대가 도래했다. 신은 인간을 용서하지 않았고, 자신의 대리인들로 하여금 인간을 노예로 부리도록 했다. 그들이 바로 엘프와 드워프, 혹은 타이탄 족이다.

암흑의 시대는 길었다. 무려 1만 년 동안 지속되었으니 말이다. 하나 결국 인간은 그 암흑의 시대를 종료시키고야 말았다. 그 원인은 바로 3차에 걸친 종족 전쟁이었다. 유사 인종은 강했다. 모든 면에서 인간보다 월등히 뛰어났다.

1, 2차 종족 전쟁은 인간의 완패로 끝이 났다. 하지만 3차는 달랐다. 인간은 끊임없이 학습했고, 신의 파편이라고는 하지만 그 수가 적고 번식마저 힘든 유사 인종들을 압도적인 수로 밀어붙임과 동시에 마도 시대와 같지는 않지만 과거의 영광을 회복함에 3차 종족 전쟁에 유사 인종을 완전히 대륙에서 몰아낼 수 있었다.

그렇게 마도 시대가 끝이 났다.

그리고 사람들은 현세를 인간의 시대라 불렀다. 인간을 막아설 수 있는 존재는 인간뿐이었다. 몬스터도 있겠으나 몬스터는 몬스터일 뿐, 유사 인종과는 달리 지혜나 지식의 전승이 없는 동물에 가까운 존재였다.

인간의 시대에 들어선 인간들은 과거를 파헤치기 시작했다. 그 대표적인 방법이 바로 마도 시대를 대표하는 시대의 던전이나 유적의 발굴이라 할 수 있었다. 그중 두 번째인 마도 시대의 유적이 아무리 하찮다 해도 과거의 영광의 절반도 되찾지 못한 상황에서는 실로 대단한 것이라 할 수 있었다.

"이로써 자금까지 확보된 셈이로군."

아론의 말에 고개를 주억이는 길버트. 사람과 자금이 모두 확보되었다. 이제 세력만 확보하면 되었다.

세력을 모으는 것은 그리 어렵지 않을 것이다. 일단은 자신은 후계자였다. 그리고 자금이 있으면 자연스럽게 자신에게 사람이 몰려들게 마련이다.

　어차피 단기전이 될 가능성은 낮았다. 자신이 쉽게 암살당한다면 모를까. 하지만 그럴 가능성은 거의 없다고 봐도 무방했다. 자신의 곁에는 이미 상상조차 할 수 없을 정도의 인물이 있으니 말이다.

　"한데 자네 부친께 날 어찌 소개할 생각인가?"

　"친구."

　아론의 물음에 길버트는 단 1초의 망설임도 없이 답했다.

　"가능할 것 같은가?"

　"가능? 그게 무슨 말인가?"

　"날 인정하실 것 같냐는 말이지."

　"상관없네."

　"상관없다라……."

　길버트의 말을 되뇌는 아론.

　"아버지라면 자네를 인정하지 않을 수 없을 것이네. 아버지가 문제가 아니라 다른 이들이 문제겠지. 하나 그들도 문제없네. 난 자네가 내 친구라는 점에 대해 한 점의 부끄럼도 없네. 단지 내가 자네에게 어울릴 만한 친구인가가 더 의심스럽고 조심스럽네."

한 가문의 후계자로서 타인의 시선을 무시한다는 것은 지극히 힘들다. 그는 받아들일지 몰라도 타인은 그것은 받아드릴 수 없기 때문이다. 그리고 또 하나는 이 세계를 뿌리 깊게 지배하고 있는 출신 계층에 대한 인식은 결코 쉽게 허물어질 수 있는 것이 아니었다.

"그런가?"

아론의 대답은 간단했다. 사실 아론은 타인의 시선을 별로 신경 쓰지 않았다. 단지 자신 때문에 열 살이나 차이 나는 친구의 입지가 어렵게 되지 않을까 하는 생각에서 물어본 것이었다. 사람이란 때로는 자신이 보고 싶은 것만 보고 믿고 싶은 것만 믿는 경향이 있기 때문이다.

아무리 객관적인 증거와 합당한 논리를 들이댄다 하여도 그러한 이들은 절대 믿지 않는다. 하물며 수만 년을 지탱해온 계층에 대한, 혹은 신분에 대한 장벽이 쉽게 허물어질 리 만무했다.

'그리고 보면 길버트 이 친구가 특이한 것인가?'

어쩌면 그럴지도 몰랐다. 아니, 확실했다. 20년이 넘는 오랜 세월 동안 전장에서 뒹굴던 자신의 경험에 의하면 기사들이나 귀족들이 아무렇지도 않게 용병을 대하는 경운 단 한 번도 없었다.

또한 허물없이 대한다 해도 그들의 밑바탕에는 기본적으

로 용병에 대한 무시하는 마음이 담겨 있었다. 기사들은 기사대로, 마법사들은 마법사대로, 귀족은 귀족대로 자신만의 영역을 구축하고 있었다.

그들은 이 시대의 강자임에도 불구하고 말이다. 하지만 가장 천하다 여겨지는, 혹은 가장 많은 수를 자랑하는 용병들은 마치 모래알처럼 나눠져 같은 용병들을 감싸주지는 못할망정 서로 못 잡아먹어서 안달이다.

그래서 용병들은 무시당하고 이용당한다. 또한 그것을 당연시 여겼다. 용병들을 이끄는 세 개의 세력이 있다고는 하지만 그래봐야 고만고만하다. 우든 용병이나 쿠테란 용병, 그리고 데드 블러드 용병이나 다 마찬가지였다.

그네들은 그네들끼리만 끈끈하다. 용병들을 대변하지 못한다는 것이다. 어쩌면 그것이 용병을 제외한 세 개의 기존 세력에 의한 견제일지도 모르지만 말이다.

"그건 그렇고……."

"묻고 싶은 게 있나?"

말을 흐리는 길버트였다.

"그래."

"왜? 껄끄러운가?"

잠시 망설이는 길버트를 보고 묻는 아론.

"그냥 묻게."

"그러지. 정말 용병들의 대지를 이룩할 셈인가?"

"왜? 하면 안 되나?"

"아니, 그렇지는 않네."

"하면?"

"쉽지 않을 것이기 때문이네. 아니, 어쩌면 불가능할지도 모르고 말이네."

"그래서 하는 것이네."

"그게 무슨 말인가?"

"불가능하다고 포기하면 결국 도태되겠지."

"그렇게 되겠지."

"하지만 이제 좀 가능할 때도 되지 않았나?"

그런 아론을 빤히 바라보는 길버트. 그러다 슬쩍 웃었다.

"그렇군. 나는 전폭적으로 자네를 지지하겠네."

"당연한 것 아닌가? 그럼 살짝 빠져나갈 생각이었나?"

"하하하, 그렇지는 않지."

"그랬다면 내가 자네를 친구로 받아들이지 않았을 것이네."

"그런가? 하마터면 큰일 날 뻔했군."

"그렇지. 큰일 날 뻔했지. 나 같은 사람을 친구로 두는 것은 절대 쉬운 일이 아니거든."

"허어~ 솔직히 재수 없지만 사실인지라 뭐라 할 수 없군."

"잘난 친구 두기가 어디 쉬운가?"

"쯧. 아! 드디어 라이벡 우드를 벗어났군."

드디어 길고 긴 여정이 끝나가고 있었다. 라이벡 우드를 벗어난 곳은 온전하게 플람베르 가문의 영역이라고 해도 과언이 아니었기 때문이다. 물론 이곳에서 한참을 더 걸어가야 하겠지만 그다지 신경 쓸 일은 아니었다.

그들 앞으로 일단의 기마대가 달려오고 있었기 때문이다. 은빛 찬란한 풀 플레이트 메일이 햇빛이 반사되어 반짝이고 있고, 가장 선두에는 플람베르 가문의 인장기인 눈처럼 새하얀 바탕에 검붉은 골렘이 포효하는 모습이 나부끼고 있었다.

"블러드 골렘이로군."

"블러드 골렘?"

"가주의 친위대 중 하나지."

"그런가? 꽤 괜찮은 수준이로군."

아론의 심드렁한 말에 길버트가 흰 이를 드러내며 웃었다. 대주와 부대주를 제외하고는 전원 익스퍼트 중급의 기사들을 괜찮은 수준으로 평가한 그의 담담한 모습 때문이었다. 그러는 동안 블러드 골렘이 길버트의 앞에 멈춰 섬과 동시에 하마를 하며 길버트에게 예를 갖췄다.

"블러드 골렘의 부대주 패트릭 마코브스키가 대공자를 뵙습니다."

"15년 만인가요?"

그러면서 무릎을 꿇고 예를 올리는 마코브스키 부대주의 신형을 일으켜 세우는 길버트였다. 그에 마코브스키 부대주는 경악할 수밖에 없었다. 자신은 상급에 이른 기사이다. 감히 상급에 이른 기사의 허리를 저항할 수 없을 정도로 부드럽게 펴게 할 수 있는 자는 그리 많지 않기 때문이다.

그리고 그 정도의 실력이라면…….

'마… 스터?'

분명했다. 그것을 인지한 후 전신에서 힘을 빼버렸다. 그리고 허리를 펴 대공자를 바라봤다. 그에 길버트가 슬쩍 웃으며 말했다.

"아저씨는 많이 늙었네요?"

"허, 허허, 15년이 지났잖습니까? 한데 대공자께서는 많이 달라지신 듯합니다."

"하하, 15년이 지났잖습니까?"

그의 말을 그대로 되돌려 주는 길버트와 살짝 놀란 듯한 모습을 보이더니 이내 웃어넘기는 마코브스키 부대주였다.

"가시지요. 가주께서 기다리십니다."

"그래야겠지요."

그에 누군가 말을 끌고 왔다. 하지만 길버트는 손을 저으며 말했다.

"말은 필요 없습니다. 그리고 이들과 함께할 것입니다."

길버트의 말에 그제야 그의 뒤를 바라보는 마코브스키 부대주. 일곱 명의 용병이다. 그중 한 명은 기사인 듯하고 말이다.

'저자는……'

다들 매우 강렬한 인상이다. 하지만 단 한 명만은 도무지 알 수 없었다. 보기에는 분명 평범한 용병처럼 보였다. 하나 묘하게 이들을 이끄는 중심에 서 있는 모양새였다. 심지어는 플람베르 가문의 대공자인 길버트 마저도 말이다.

그의 시선이 그 한 용병에게로 향했다. 둘의 시선이 부딪치는 순간.

'마치 바다 속을 들여다보는 것 같다.'

전신에 소름이 돋았다. 만약 마나를 익힌 자라면 자신 따위는 감히 범접할 수조차 없는 자일 것이다.

하나.

'분명 용병이다. 그런데 용병 중에 나를 긴장케 할 정도의 실력자가 과연 있을까?'

그런 생각이 상대를 파악하는 데 장애물로 작용하고 있었다.

"뭐 하나? 출발하도록 하지."

"정녕 괜찮겠습니까?"

"지금까지 잘 달려왔네."

"알겠습니다."

마코브스키 부대주는 일단 길버트를 시험해 보기로 했다.

『용병들의 대지』 3권에 계속…

초대형 24시 만화방

신간 100%, 샤워실, 흡연실, 수면실(침대석), 커플석, 세탁기 완비

■ 강북 노원역점 ■

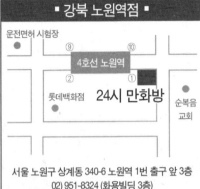

서울 노원구 상계동 340-6 노원역 1번 출구 앞 3층
02) 951-8324 (화용빌딩 3층)

■ 일산 정발산역점 ■

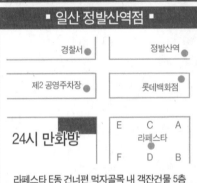

라페스타 E동 건너편 먹자골목 내 객잔건물 5층
031) 914-1957

■ 일산 화정역점 ■

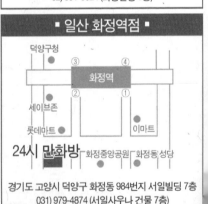

경기도 고양시 덕양구 화정동 984번지 서일빌딩 7층
031) 979-4874 (서일사우나 건물 7층)

■ 부천 역곡역점 ■

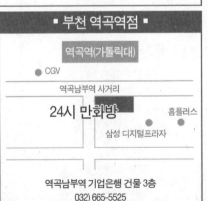

역곡남부역 기업은행 건물 3층
032) 665-5525

■ 부평역점 ■

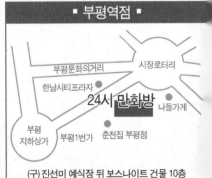

(구) 진선미 예식장 뒤 보스나이트 건물 10층
032) 522-2871

이민섭 新무협 판타지 소설

ORIENTAL HEROES

역천마신

사술을 경계하라!

『역천마신』

소림의 인정을 받지 못한 비운의 제자 백문현.
무림맹과 마교의 음모로 무림 공적으로 몰린
그에게 찾아온 선택의 기회.

"사술, 이것을 받아들인다면 인세에 다시없을 악귀가 될 것이네."

복수를 위해 영혼을 걸고 시전한 사술이 이끈 곳은
제남의 망나니 단진천의 몸.

"무림맹 그리고 마교, 그 두 곳을 박살 낼 것이다."

이제 그의 행보에 전 무림이 긴장한다!

Book Publishing CHUNGEORAM

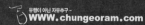
유행이 아닌 자유추구 -
WWW.chungeoram.com

풍신서윤

강태훈 新무협 판타지 소설

FANTASTIC ORIENTAL HEROES

風神 徐潤

2015년 대미를 장식할 무협 기대작!

『풍신서윤』

부모를 잃은 서윤에게 찾아온
권왕 신도장천과 구명지은의 연.
그러나 마교의 준동은
그 인연을 죽음으로 이끄는데……

"나는 권왕이었지만
너는 풍신(風神)이 되거라!"

권왕의 유언이 불러온 새로운 전설의 도래.
혼란스러운 세상을 정화하는 풍신의 질주가 시작된다!

Book Publishing CHUNGEORAM

 유행이 아닌 자유추구 -
WWW.chungeoram.com

박선우 장편소설
FUSION FANTASTIC STORY

멋진 인생

Wonderful Life

태어나며 손에 쥔 것이라고는 가난뿐.

그러나 내게는 온몸을 불사를 열정과
목숨처럼 소중한 사랑이 있었다.

『멋진 인생』

모두가 우러러보는 최고의 직장이자 가장 치열한 전쟁터,
천하그룹!

승진에 삶을 바친 야수들의 세계에서 우뚝 서게 되는
박강호의 치열하지만 낭만적인 이야기!

Book Publishing CHUNGEORAM

유행이 아닌 자유추구
WWW.chungeoram.com

강준현 장편소설
FUSION FANTASTIC STORY
인생을 바꿔라
『복수의 길』, 『개척자』 강준현 작가의
2016년 신작!
자신이 무엇인지 알지 못하는 정신체, 염.
세상을 떠돌며 사람의 몸속으로 들어가
에너지를 얻고 나오길 반복하던 어느 날.
사고로 인한 하반신 마비, 애인의 이별 선언,
삶에 지쳐 자살하려는 김철의 몸에 들어가게 되는데…….
"뭐, 뭐야! 아직도 못 벗어났단 말이야?"
새로운 삶을 살리라,
정처 없이 떠돌던 그의 인생 개척이 시작된다!
"어떤 삶인지 궁금하다고? 그럼 한번 따라와 봐."
Book Publishing CHUNGEORAM
유행이 아닌 자유추구 -
WWW.chungeoram.com